小説　イスラエル

鍵和田敏子

キリスト新聞社

「あなたの名は、もうヤコブとは呼ばれない。イスラエルだ。」

(旧約聖書　創世記三二章二八節)

はじめに

　かつて国なき民と呼ばれていたユダヤ人が、ナチスのホロコーストを契機としてシオニズム（シオン――エルサレム――へ帰ろう）運動を起こし、散らされていた各地から続々とパレスチナに帰還して、一九四八年ついにイスラエルという独立国家を建国したことは、前世紀の出来事とはいえ、私たちにはまだ耳新しい歴史です。しかしパレスチナ人にとってはまことに迷惑な話で、二〇〇〇年間留守にしていた土地に（ユダヤがローマ軍によって滅亡したのは紀元七〇年）突然帰ってきて、ここはわれわれの国だからお前たちは出て行けといわれても「はいそうですか」というわけにはいかないのは当然です。両者の間にはいまなお争いが続いています。

　しかし、この二つの民族の争いは、紀元前二〇〇〇年、つまりいまから四〇〇〇年も前に始まっているのです。その歴史を解き明かしてくれるのが旧約聖書です。

　この物語の主人公ヤコブ（後のイスラエル）については、ドイツの文豪トーマス・マン（一八七五～一九五五）が、旧約聖書の創世記二七章～五〇章を題材にして『ヨセフとその兄弟たち』（新潮社）という全六巻からなる長編小説を著していますが、その第一巻が

『ヤコブ物語』（一九三三）です。しかし、思想家であり哲学者であるマンは、聖書と神に対し上から目線であるうえ、訳文（一九五八）は難解で、長大な文章で綴っていますから、これを読むには、かなりのエネルギーと時間が必要だと思います（卒論等の研究対象にはいいかもしれません）。それで凡才の私は私なりに短く、分かりやすい一編の小説にまとめてみました。

しかし『イスラエル』を書くには、やはり彼の祖父アブラハムが出発点となっていますので、この物語はメソポタミヤ（チグリス、ユーフラテス沿岸地方）からカナンへの移住から始まります。そしてアブラハム、イサク、ヤコブ（イスラエル）の三代三百年にわたる長い歴史の中、イスラエルに焦点を当てました。晩年になってヤコブとその一族はエジプトに移住し、彼は十七年後に彼処で百四十七年の波乱に富んだ生涯を閉じますので、それまでの一生を小説にまとめました。アブラハムもイサクも、そしてヨセフ（ヤコブの息子）も、それぞれ独立した小説にしたいような興味深いモチベーションが多くありますが、本書では海外ニュースの中で一番多くの視線を集めているイスラエルを紹介することに重点を置きました。

原本は聖書ですから、これにより聖書を読みたいと思われるなら、それに勝る喜びはありません。なお、聖書にはユダと嫁タマルの事件が記されておりますが、その部分は割愛させていただきました。しかし新約聖書マタイの福音書の第一章、イエス・キリストの系図にはタマルが出てきますので、詳細は旧約聖書創世記三八章をご覧ください。

目次

目次

登場人物紹介

アブラム イスラエル（ヤコブ）の祖父　後にアブラハムと改名。
テラ アブラム、ナホル、ハランの父
サライ （サラ）アブラムの妻。イサクの母
ハガル サライの女奴隷。エジプト人。アブラムの子イシュマエルを産む
イシュマエル 母はハガル。後のイスラム教徒の祖
ロト ハランの子。アブラムと共にカナンに移住。アンマンの祖
イサク 母はサラ。エサウとヤコブの父
リベカ イサクの妻。ハランの孫。双子の兄弟エサウとヤコブの母
エサウ 双子の弟ヤコブに長子の権を奪われ、後にヨルダンの東に移住。
ヤコブ （イスラエル）父と兄をだまして長子の権を得たことから家を追い出され、母リベカの家族の住むメソポタミヤの小都市ハランに行く。
ラバン リベカの兄。レアとラケルの父。ヤコブの義父。
レア ヤコブの最初の妻。ルベン、シメオン、レビ、ユダ、イッサカル、ゼブル

ンの六人の息子と娘ディナの母

ラケル　レアの妹。ヤコブの二番目の妻。ヨセフとベンジャミンの母。

ジルパ　レアの女奴隷。ヤコブの息子ガドとアシェルの母。

ビルハ　ラケルの女奴隷。ヤコブの息子ダンとナフタリの母。

ユダ　レアの四男。後のイスラエル王国第二代国王ダビデと彼以後の二十人の国王を排出。ユダヤ人の祖。

ヨセフ　ラケルの子。兄たちの嫉妬により、エジプトに奴隷として売られるが、後にエジプトの宰相となり、自分の家族をエジプトに招く。その子はエフライムとマナセ。イスラエルの子孫は三七〇年同国に定住した後、レビの曾孫モーセによってエジプトを脱出。モーセの死後、エフライムの子孫ヨシュアによってカナンに定着。

ベンジャミン　ラケルの子。ヨセフの弟。後のイスラエル王国初代国王サウルはその子孫。

イスラエルの国家形成とその後の歴史

紀元前一〇〇〇年、ユダ族の出ダビデはイスラエルの子孫十二氏族を統合してイスラエル国家を強力な国にし、その子ソロモンによって黄金時代を迎えます。しかしソロモンの死後国はイスラエルの子十氏族による北イスラエル王国と、ユダとシメオンの南ユダとに分裂します。そして北イスラエルは紀元前七二一年アッシリアの攻撃を受けて滅亡し、南ユダは、紀元前五八六年バビロン（ペルシャ）によって滅亡。紀元前四五〇年ごろ一部のユダヤ人が破壊されたエルサレムの神殿を再建するため帰国しましたが、その第二神殿もやがてギリシャによって破壊されます。聖書は紀元前四〇〇年以後キリストの誕生（西暦一年）までイスラエルについて何も語らず、新約聖書にはキリストはユダヤのベツレヘムで誕生されたと記されてあります。これは国名ではなく、当時のユダヤはローマの一州都にすぎず、エドム人（エサウの末裔）の王ヘロデが統治していました。キリスト時代の神殿はこのヘロデによって建てられましたが、西暦七〇年にローマによってこの神殿も破壊され、ユダヤ人は世界中に散らされました。

1　出発、カナンへ

「お父さん、ヤーウェから御《み》ことばがありました」と、ある日アブラムは父テラに報告した。

「ヤーウェから？　何といわれたのだ？」

「それが……この地を去って、わたしが示す地に行きなさい……と」

「この地を？　なぜだ？」

アブラムの父テラはそのころすでに百四十歳を過ぎていた。生まれ育ったカルデヤ（いまのイラク）のウルを、この年になってなぜ離れなければならないのか、それがヤーウェの御告げとはいえ、すぐには決断できることではない。が、もし離れなければならないとするなら、それは彼らの信じるヤーウェの命令であるということだ。


ヤーウェとはヘブル語で世界の創造主、天におられる神であって名前ではない（ちなみに日本語訳の聖書では「主《しゅ》」と訳されている）。

ウルは、ペルシャ湾の北端、チグリス河とユーフラテス（ユフラテ）河の合流点より北の、ユーフラテス沿岸ににあった都市で、川を利用した貿易により紀元前二〇〇〇年前のその当時大いに栄えていた。しかしテラとその一族にとって、文化的なことは別としてもそこは必ずしも住みよい場所ではなかった。それは、彼らより四〇〇年前に起きた大洪水で、生き残ったのはノアとその三人の息子セム、ハム、ヤペテらの家族だけだったが、その中で主に従い通したのはセムの子孫であるテラの一族だけだったからである。

ハムの子孫は、この地域（メソポタミヤ）やエジプトで大いに数を増した。彼らは月の神シンなどの偶像神を礼拝していたので、主を信じるテラの一族はいわば仲間外れだった。テラ以外のセムの一族は東方に移住してアジア民族の先祖となり、ヤペテの一族は洪水後西方に移住し、後のヨーロッパ（ヤペテ）民族の祖となったといわれる。

テラにはアブラム、ナホル、ハランという三人の息子がいた。アブラムはサライという美しい娘を妻に迎えたが、彼らの間には子がなかった。ナホルは、姪に当たるハランの娘ミルカと結婚した。それはハランの妻が息子のロトを産むと間もなく死んだので、母を失ったミルカを憐れに思ったからかもしれない。子供がいなかったアブラムは甥のロトを息子のように愛していた。

「それで、どこに行くのだ？」と、テラはアブラムに聞いた。

「分かりません」

「分からない？　分からないで、どうやって行くのだ？」

「カナンと主はいわれたのですが……」

「カナン……？　確か、私たちのご先祖セムの弟ハムにカナンという息子がいたはずだ。カナンは兄クシュ（エチオピア）とミツライム（エジプト）と共に西の方に移り住んだと聞いているが、主のいわれるカナンは、その一族の地に違いない」

「お父さん、きっとその地ですよ、主がいわれたのは」

「うむ……。ユフラテの北の方からくる隊商が、カナンという地からきたというのを聞いたことがある。ユフラテの川沿いに北に行ってみればカナンに出るかもしれない」

「お父さん、行ってみましょう。でも……」

「何だ？」

「お父さんのお年が心配です。長い旅になるでしょうから……」

「いやいや、この地から出れば私は二百歳まで生きられる。宇宙の大創造主を無視して、月の神を礼拝する連中と付き合うのは本心ではない」

「お父さんがそのお気持ちなら行きましょう。主が示される土地はきっとよいところでしょう」

テラとその家族はウルを出発し、ユフラテ河に沿って長い旅に出た。一千キロ近いその旅はおそらく数カ月かかったと思われる。そしてカランという町に着いた。そこはエジプトとバビロンの間を行き交う隊商たちの停泊地で、多くの人で賑わう繁栄した町だった。

「お父さん、ここはカランだそうですよ」

「カラン？　カナンではないのか？」

「いえ、カナンはここから南西の方でまだまだ先だそうです」

「そうか……疲れた。しばらくこの町に留まろう。ここはいい町だ、何でもある」

そういってテラはすっかりこの町に住みついてしまった。

アブラムは気が気ではなかった。ここは主が約束された地ではない。あのとき主は確かにこういわれた。

「あなたはあなたの生まれ故郷、父の家を出て、わたしが示す地に行きなさい。

そうすればわたしはあなたを祝福し、あなたの名を大いなるものとしよう。

あなたの名は祝福となる。

あなたを祝福する者をわたしは祝福し、あなたを呪う者を私は呪う。

地上のすべての民族は、あなたによって祝福される」

アブラムは決心した。

「お父さん、私はやはり主のいわれたところに行きます」

「そうか、しかし私にはもう長旅は無理だ。私はこの町が好きだ。ここにいれば各地からくる隊商たちからいろいろなニュースが聞ける。私はここに残り、この地で死にたい」

「そうですか……」

「ナホル、お前はどうする？」と彼は弟のナホルに聞いた。

「兄さん、私はお父さんが心配ですよ。お父さんが残るなら、私はお父さんと一緒にこの地に残ります。けれどロトは若いから兄さんと一緒に旅をするのもいい経験でしょう」

「そうだな……。ロトを連れて行こう。父さんのことを頼む」

アブラムが妻サライと甥のロトを連れ、父テラを残して主がいわれた地カナンにきたとき、彼は七十五歳、サライは六十五歳、そして父のテラはその時百四十五歳だった。テラは二百五歳でカランで死んだ。

ロトは成人すると自分の財産である家畜を連れてアブラムから離れ、ヨルダンの低地（海抜マイナス三八〇メートル）にあったソドムとゴモラに住みついた。そこは青々と牧草の茂る、放牧にはうってつけの地だったが、神を知らないその地の人々は淫乱で、ほとんどの男性はホモセクシアルだった。そのため、後に神はこの二つの町を火で焼き滅ぼし、ロトの家族を除いて全滅した。その後にヨルダン川が流入してできた湖が現在死海と呼ばれている世界最低の湖である。流出口がないため塩分二五％といわれ、生物は住めない。死海という名は後につけられたもので、旧約聖書では塩の海と呼ばれた。東岸にあるアンマンは、ロトの子孫の地である。

アブラムがカナンに移住してから十年たった。妻サライは不妊女《うまずめ》だった。それを恥じたサライは、夫に一つの提案をした。

「あなた、主は私に子を授けてくださいません。それで……、女奴隷のハガルはまだ若いから、きっとあなたの子を産めると思いますわ。その子を私たちの子供として育てましょう」

「うむ……」

アブラムは気が進まなかった。

（あなたの子孫は星のように、数え切れないほど多い。わたしはあなたを多くの国民の父とする）

と、主は約束してくださったのに、なぜだ……？

（神は私に子孫を約束された。しかしサライはすでに年を取り、子を産む年齢を過ぎた。サラのいうとおりにするほかはあるまい……）

こうして、エジプト人の女奴隷ハガルはアブラムの子を身ごもった。

「アハハハ……私がご主人様のお子の母です。これからは水汲みとか、家畜の世話とか、重労働は奥様がなさってください」

「何ですって？」

「お子にもしものことがありましたらどうされます？」

ハガルは子を産めないサライを馬鹿にして事あるごとに辱しめた。

「あなた、私はハガルにもう我慢ができませんわ。何かというと私を馬鹿にして私のいうことを聞きませんの」

「それで、私にどうしろというのだ」

「あの女を追い出してくださいな」

「追い出す？　あれは私の子を身ごもっているのだぞ。そんなことができると思うか？」

「あの女は奴隷よ。奴隷の子をあなたの跡取りになさるおつもり？」

「しかしお前がそうしろと私に勧めたのだ」

「ごめんなさい。私は……間違っていました。私が悪いの。しかし主は、きっと別の方法で子を授けてくださいますわ。きっと……、あの女ではなく別の方法で……」

「お前があの女の女主人だ。お前の好きなようにしなさい」

「そういたします。私があの女の主人ですから」


サライはハガルを追い出した。ハガルが、行く当てもなく荒野を彷徨《さまよ》っていたとき、主の使いが現れ、彼女にいった。

「お前は女夫人の元に帰りなさい」

「そんな……サライ様は私につらく当たります。どうしてまた戻れましょう」

「お前がサライを馬鹿にしたのが悪い。彼女はあなたの主人ではないか。奴隷として彼女の元に帰り、身を低くして前のように彼女に仕え、生まれる子をイシュマエルと名づけなさい。その子の子孫は大いに数を増し、野生のロバのようにすべての民族に逆らい、すべての兄弟に敵対する者となるのだ」

このイシュマエルの子孫から後にモハンムド（モハメット）が出、イスラム教の始祖となる。そしてＩＳ（イスラム国）が出現し、すべての国々に敵対している。

イシュマエルが生まれたとき、アブラムは八十六歳だった。それから十三年間主は沈黙しておられ、彼は主の御ことばを聞くことができなかった。それは、彼が神のお約束を待つことができずに、奴隷女に子を産ませたアブラハムの不信仰に対する神のみ怒りの表現だったに違いない。しかし彼が九十九歳のとき再び主の御ことばが彼に臨んだ。

「主よ、あなたですか……？」彼は思わず地にひれ伏した。

「わたしは全能の神である。あなたはわたしに従い、全き者（完全な者）となりなさい。わたしはあなたに約束する。あなたは多くの国民の父となる。これからはアブラムといわず、アブラハムと名乗りなさい。あなたの子孫の中から多くの王が出る。わたしはあなたとあなたの子孫の神となり、あなたが滞在しているこの地、カナンをあなたの子孫に永久の所有地として与える。わたしは彼らの神となる。

これをわたしとあなたの間の契約とし、そのしるしとしてあなたもあなたの子孫も、男子はみな割礼《かつれい》を受けなさい」

（私の子孫？　イシュマエルの子でしょうか？）

「私はサライを祝福する。あなたは彼女をサライと呼ばず、サラと呼びなさい。来年のいまごろ、サラはあなたに男の子を産む。あなたはその子をイサクと名づけなさい。わたしはイサクと契約を結び、それを後の子孫との間の永遠の契約とする」

「えっ？　まさか……？」

（百歳の者に子供が生まれるのですか？　九十歳の妻が子供を産むのですか……？）

神が偽わることはあり得ない。主のいわれるとおりにしようと、彼はその日のうちに、彼とイシュマエル、および彼の家の男奴隷たちは皆割礼を受けた。これが、アブラハムとその家族、および子孫は神と契約を結んだ民族であるというしるしだった。この習慣は、四千年後の今日に至るまで続けられている。

そのころ彼とその家族はマムレ（今日のヘブロンの北方）に住んでいた。ある夏の日盛りに、彼が天幕の中から外を見ていると、三人の旅人がこちらに向かって歩いてくるのが見えた。そのときふと、「あなたは全き者となりなさい」といわれた主の言葉を思い出した。

（全き者？　あの旅人たちはどこに行かれるのか知らないが、この暑い盛りの旅はおつらかろう。そうだ、ここで休んでいただこう、それが全き者のすることだ）

彼は天幕の外に出て、見ず知らずの旅人たちに声をかけた。

「もし、旅のお方。暑い日の旅はさぞお疲れでしょう。ここで休んでいかれませんか?」

「え?　ご親切なお言葉に感謝します。それではそうさせていただきましょうか」

旅人たちは喜んで彼の天幕の中に入った。アブラハムはサラと召使いたちに命じて、パンとチーズや牛乳、そして調理した子牛の肉などで彼らをもてなし、旅の疲れを労った。

そのときその中の一人がいった。

「私たちにご親切にしてくださったお礼にいいことをお知らせしましょう。来年のいまごろ、サラはあなたに男の子を産みます。あなたはその子をイサクと呼びなさい。イサクこそ神とあなたの契約の子です」

「え?」アブラハムは驚いていった。

「あなたはどなたですか?　来年私は百歳、妻は九十歳ですが……」

「わたしは全能の神、主です。主にとって不可能なことはありません」

「え?　主……?」彼はひれ伏した。

（そうだったのか……主はこのことを伝えるため、二人の御使いと共にわざわざ私のところにこられた。私は主と知らずに主をおもてなししていたのだ……よし、主のお約束を信じよう）

もし彼がこの旅人たちをやり過ごしていたら、歴史は大きく変わっていたに違いない。主はアブラムが、神の祝福に足る者かどうか、旅人の姿になられて彼を試された。そして彼はそのテストに合格した。

後に新約聖書『ヘブル人への手紙』の記者はこう記している。

「旅人をもてなすことを忘れてはいけません。こうしてある人々は御使いたちを、それとは知らずにもてなしました」

（ヘブル人への手紙　一三・二）

彼がここで言及している〝ある人々〟とは、もちろんアブラハムとサラである。

2　イサク

全能の神は約束のとおり、百歳と九十歳の夫婦に子を与えられた。それがイサクだった。アブラハムはイサクの誕生を祝って盛大な祝宴を催した。そしてイサクが乳離れしたころ、アブラハムは、イシュマエルをその母ハガルと共に追放した。それはイシュマエルが、自分こそアブラハムの長子（後継者）だと主張するのを恐れたからである。

ちなみにイスラム教の祖モハメットはイシュマエルの直系の子孫であり、今日の多くのアラブ人が、われわれはアブラハムの長男イシュマエルの子孫であり、彼の正当の後継者であると公言している。イサクの子孫イスラエルとアラブ諸国が現在も対立している事実は、実に四千年前に始まったのである。

イサクが十七歳のときだった。ある日アブラハムは主の御声を聞いた。

「アブラハム」

「はい、ここにおります」

「あなたの愛するひとり子イサクを、モリヤの山の上で全焼の生け贄として私に捧げなさい」

そのころアブラハムの家族は井戸のある町ベエル・シェバに住んでいた。ベエル・シェバから、主のいわれるモリヤの山は八十キロほど北にある。

「え？　何といわれました……？　イサクが全焼の生け贄？　モリヤの山で？」

アブラハムは聞き違いではないかと思った。信じられなかった。全焼の生け贄とは、先祖のノア以来彼らの家系が受け継いでいる信仰の儀式で、生け贄となる動物、羊、山羊、牛などを祭壇の上で殺し、骨も皮も内蔵も、そのすべてを残らず焼き尽くすことにより、神への全き服従を誓うものである。

「主よ……なぜイサクを……」

いままで信じ、従ってきた主がこのようなことをいわれるのかと、彼は葛藤し、泣いた。

（主よ、あなたは人間ではおありにならないから人間の心はお分かりにならない……しかし私は弱い人間にすぎません。人間にとって、親にとって、子は宝です。イシュマエルはご命令に従って追い出しました。いまはイサクだけです……その子を殺すのですか？　自分の手で？　主よ、これだけは……）と、いいかけて、ふと、別の心が彼にささやいた。

（生かすも殺すも、与えるも取るのも主の御心のままではないか。ハガルのことを除けば、私はすべて主に従った。これが主のご命令なら従わねばならない。いまは理解できないが、主は必ずお約束通り祝福してくださるに違いない。二度と前のような過ちを繰り返してはならない。主を信じよう）

苦悩しながらアブラハムは決断し、主に従おうと決心した。モリヤの山まで二、三日はかかる。その日のうちに彼は食料や薪などを用意し、翌朝早くロバに荷物を積んで、イサクと従者二人を連れて出発した。息子との旅は楽しいはずであるのに、アブラハムは無口だった。

「父さん」

「うむ……」

イサクは不思議に思った。

（何を聞いても父さんは悲しそうな顔をして何もいわない。どうしてだろう。それに生け贄にする羊もない……もしかすると……？　いや、まさか……）

イサクはふと、何かを感じ取った。

三日目にモリヤの山が見えたとき、アブラハムは従者とロバをふもとに残し、イサクに薪を背負わせて二人だけで山に登った。召使いたちがいなくなったので、イサクは道々ずっと気にかかっていた質問をした。

「父さん、火と薪は持ってきたのに、生け贄の羊をなぜ持ってこなかったのですか」

「うむ……」（聞かないでくれ。それはお前だ、などとどうして私にいえよう……）

「イサク、神ご自身が備えてくださる……」と、断腸の思いで彼は答えた。

「そうですね……、きっと……」

山の上にきたとき、アブラハムはイサクに手伝わせて石を拾い、黙々として祭壇を築いた。その上に薪を並べるとイサクの両肩に手を当てて抱きしめた。

「イサク……」彼の両目から、どっと涙が溢れ出た。

「主のご命令なのだ、死んでくれ……」

「え?」（やはりそうだったのか……）イサクは驚かなかった。

（道々何かを感じたのはこのことだったのだ……。ここで死ぬのか? 待てよ、父さんは年寄りだ。逃げるなら逃げられる。逃げようか? どうしよう……）

「父さん……」（いやです……）と口まで出かかったそのとき、

（主のご命令なら従うべきではないか……）

と、何者かが彼の心のうちでささやいた。抗《あらが》えないその言葉に彼は死を決心した。

（もし僕が逃げるなら、困るのは父さんだ、父さんを困らせたくない……父さんのために生け贄の羊になろう）

「父さん、分かりました。主のいわれるようにしてください。このとおり……」

そういって彼は両手を父の前に差し出した。生け贄の動物を殺すとき、暴れないようにその四肢を縛って祭壇の上に載せるのを知っていた彼は、黙って縛られ、自ら進んで祭壇の石の上に横になって目を閉じた。そして皆から愛された幸せな十七年の生涯を思い出していた……。

（父さんの子として生まれてよかった。父さんに殺されるのなら幸せだ。主のご命令なのだから……。私より、息子を殺す父さんのほうがずっと辛いだろう……）

「許してくれ……」

泣きながらアブラハムは刀を握り締めて振りあげた。が、その手を下すことができなかった。何者かが、しっかりと彼の手をつかんだのである。

「アブラハム、その子を殺してはならない」

「え？　どなた？　主……ですか？」

「その子に何もしてはならない。いま私は、あなたが神を恐れる者であることがよく分かった。あなたは自分のひとり子さえ惜しまないで私に捧げた……。後ろを見よ」

アブラハムが振り向くと、木の繁みの中に一匹の雄羊が、角を枝に引っ掛けて動けないでいるのが見えた。

「イサク！」と、彼は大声で叫んだ。
「喜べ！　主はお前の身代わりとしてあの羊をくださった！　お前は生きるのだ！」
彼はイサクを祭壇から下ろし、その雄羊を全焼の生け贄として神に捧げた。そしてその場所を〝ヤーウェ・イルエ〟（主はすべての必要を満たしてくださる）と名づけた。

旧約聖書の、我が子イサクを生け贄として捧げたアブラハムの物語は、それから二千年後、父なる神がひとり子イエスを、世の人の罪を赦すために罪の生け贄として十字架におかけになったことの予表として描かれている。そして父の命令に従って自分の命を差し出したイサクは、そのままイエス・キリストのお姿である。シンガー・ソングライターの岩渕享さんは、その一人娘を亡くされたとき「私は御父の痛みをいま初めて知った」といわれて、次のような歌を作詞作曲された。

心に迫る　父の悲しみ、愛するひとり子を十字架につけた
人の罪は　燃える火のよう、愛を知らずに　今日も過ぎて行く
（折り返し）
十字架から　溢れ流れる泉　其れは父の涙

十字架から　溢れ流れる泉　そえはイエスの愛
父が静かに　見つめていたのは　愛するひとり子の　傷ついた姿
人の罪を　その身に背負い　父よ、彼らを赦してほしい、と
（折り返し）……

バラード風の美しいメロディーである。
母のサラはイサクが三十七歳のとき死んだ。百二十七歳だった。アブラハムはヘブロンの北にあるマクペラの洞窟を買い取り、そこに彼女を埋葬した（この遺跡はいまも現存している）。

主はあらゆる面でアブラハムを祝福されたが、イサクの妻にふさわしい娘はこの地に見つからなかった。神を知らないカナン人の娘たちは不品行だった。そしてイサクは四十歳になっていた。
「どうしたものか……そうだ、弟のナホルはまだ元気に違いない。あれ以来会っていないが、身内の中にふさわしい娘がいるかもしれない」

彼は奴隷頭のエリエゼルを呼んだ。エリエゼルは子供のときからアブラムに仕え、主を信じる忠実な男だった。年取ったアブラハムは彼に全財産を管理させていた。

「エリエゼル、頼みがある。大事なことだ」

「はい、何か……」。エリエゼルは主人の顔を見て、緊張した様子で答えた。

「お前は私に代わって、父や弟たちのいるカランに行ってくれないか。実はイサクに嫁を迎えたいのだが、この地の娘たちの中にはイサクの嫁にふさわしい娘がいないのだ」

「はい……。しかし旦那様。もしその娘さんが、カナンにくるのは嫌だといわれたら、どうしましょうか。イサク様をそちらにお連れしますか?」

「いや、それはできない。主はこの地を私と私の子孫に与えると約束してくださった。そのときは帰ってきなさい。いや、その娘が喜んでこの地にくるように神に祈りなさい。きっと主は祈りに応えてくださる」

「分かりました。主は必ず、イサク様にふさわしい娘さんを与えてくださいます」

エリエゼルは、アブラハムからの贈り物として数々の貴重な品を積んだ十頭のラクダと従者を連れてカランに向かって出発した。そのころチグリスとユフラテの二大河間の地方はアラム・ナハライムと呼ばれていたが、エリエゼルの旅は数百キロに及ぶ長旅である。

しかし彼はその道を覚えていた。

「テラ様や、ナホル様はお元気だろうか……」

彼がその町に着いたのは夕暮れ時だった。彼は女たちが水を汲みにくる泉のそばに腰を下ろして道中の無事を神に感謝し、イサクの妻となる女性に会えるように、こう祈った。

「神様、主よ。私の主人アブラハム様に恵みを施してくださり、私を助けてください。ここに水を汲みにくる娘たちの中に、私だけでなく、十頭のラクダにも水を飲ませてくれるような気立ての優しい娘がおりましたら、その娘さんこそイサク様の奥様になられる方として、声をかけます。どうぞそのような娘さんに会わせてください……」

十頭のラクダに水を飲ませるのは重労働である。そんなことをしてくれる娘がもしいたら、それこそ神の御業《みわざ》である。彼は神に賭けた。

彼がまだ祈り終えないうちに、一人の若い娘が肩に水がめを載せてそばにきた。娘は非常に美しかった。

「娘さん。あなたの水がめから私に水を飲ませくれませんか」と、彼は声をかけた。

「はい？」。娘は彼を見ると、にっこり笑った。

「旅のお方ですね。さぞお疲れでしょう。どうぞ飲んでください。あなたも、あなたのラクダも……」

（え？　ラクダにも……？）

彼女は肩から水がめを下ろし彼に飲ませたばかりか、何度も水汲み場との間を往来して十頭のラクダに水を飲ませた。エリエゼルはその間ずっと娘を見つめていた。

（アブラハム様の神、主よ、この方ですね。イサク様の奥様になられる方は……。美しいだけでなく、気立ても優しく、そして労働も厭わない……）

自分の祈りが神に聞かれたことを確信して、彼は迷わず娘に声をかけた。

「娘さん、ありがとう、助かりました」

そういって、彼は袋の中から純金の耳環と、百グラム以上もある純金の胸飾りを取り出した。

「これはお礼です、受け取ってください」

「いえ、あれくらいのことでこんな高価の物を？……」と、娘は驚いていった。

「どうぞ受けてください。あなたはどなたの娘さんですか？　実はお願いがあるのですが、今夜私たちを泊めていただけないでしょうか……」

「私？　ナホルの子ベトエルの娘リベカですけど……」

（えっ？）

「家にはあなたのお泊りになる場所も、ラクダの飼料も十分にありますわ。ここで待っていてくださいね？　兄に知らせてきますから……」

娘はそういって走っていった。

（神様、主よ。あの娘さんは主人の兄、ナホル様の孫でした。これは偶然ではありません、あなた様のお導きです）

彼は心から、自分の旅が主の御手によって導かれていたことを感謝した。


そのころはすでにナホルは亡く、ベトエルは老いて、家を取り仕切っていたのはリベカの兄ラバンだった。ラバンは妹リベカが持ってきた高価な贈り物を見ると驚いていった。

「誰だ？　その人は？」

「お名前を聞かなかったけど、今夜泊めてください、って……」

「もちろんだ」

ラバンは走っていって、エリエゼルを家に迎え丁重にもてなした。

エリエゼルは、アブラハムとイサクの話をし、自分がここにきた理由を告げた。そして十頭のラクダに積んできた数々の貴重な贈り物を取り出していった。

「これがアブラハム様から花嫁料のお品でございます。お受け取りくださいますか」

「待ってください。それは妹の問題ですから、彼女に聞いてみましょう」

（すごい花嫁料だ……妹が受けてくれるとよいが……）

彼はリベカを呼んで、エリエゼルから聞いた話を説明した。

「急な話なのだが、お前はどうだ？　イサクというお前の従弟に嫁に行くか？」

「お嫁に？……はい……行きます」

（お兄さんは、あの高価な贈り物が欲しいのだわ。もし私が断ったら、お兄さんは困るわ、きっと）リベカは迷うこともなく答えた。見たこともない場所にいる、会ったこともない男性との結婚……しかし彼女の決断は正しかった。彼女とイサクとの結婚から、四千年のイスラエルの歴史が始まるのである。

アブラハムは百七十五歳で死に、イサクは母サラの眠るマクペラの洞窟に彼を葬った。

3　かかとをつかむ者

イサクとリベカの結婚は聖書の中で理想的な結婚である。しかし問題はあった。アブラハムの場合と同じように、いつまで待っても彼らには子が生まれなかった。

「なぜだろう?……」

「あなた、待ちましょう。主は必ず与えてくださいます。お父様のときのように……」

「百歳まで待つのか?」

「そうね、お祈りしましょう。エリエゼルは、私に出会ったのは神様が彼の祈りに応えてくださったのだと、何度もいってたわ。私たちも希望を持ちましょうよ……」

「そうだな、主に祈ろう、それしかない……」

イサクは十七歳のときの体験を決して忘れなかった。(死ぬはずだった私に主は命をくださった。きっと主は新しい命を与えてくださる……主は命を司る方だ……)

二人はひたすら神に祈った。そして主が彼らの祈りに応えられ、リベカが身ごもったのは、結婚して二十年後だった。イサクは六十歳になっていた。

「あなた、主は私たちの祈りを聞いてくださいましたのね」

「そうだ、主は素晴らしいお方だ」

日々の彼らの会話は、やがて生まれる子への期待と、主への賛美と感謝で満ち溢れていた。

ある日リベカがいった。

「あなた、私のおなかの中に赤ちゃんが二人いるの……」

「えっ？　双子か？」

「なんだか二人で喧嘩しているのよ。ぶつかり合っているの。いまから喧嘩するなんて、将来どうなるか心配だわ」

「そうか。私は兄弟喧嘩なんてしたことないから分からないが……同じ年の子供だ、喧嘩もするさ。主を信じよう。主は二人の子を一度に与えてくださった。それで十分だと思わないか？　感謝しよう」

「ほんと、一度に二人も与えてくださるなんて……感謝します」と口ではいっても、子供たちの将来を思うとやはり不安だった。リベカは主に祈った。

「神様、子供たちが私のおなかの中で争っているのです。これでよろしいのでしょうか」

彼女の祈りに主はこう答えられた。

「二つの国があなたの胎内にあり、

二つの国民があなたから分かれ出る。

一つの国民は他の国民より強く、兄が弟に仕える」

二つの国とはイスラエルとエドム（後に紀元前四〇〇年以後ギリシャの統治下においてギリシャ語でイドマヤ呼ばれた）である。エドムはヨルダン川の東岸を支配し、千年以上イスラエルに敵対したが後に滅亡した。キリストがベツレヘムで誕生したとき、ベツレヘムの二歳以下の男の子を皆殺しにしたヘロデ大王はエドム人であった。

そしてその日がきた。助産師が呼ばれ、天幕の中は慌ただしい雰囲気になった。最初に出てきた子は毛深く、真っ赤な子だった。助産師がその子を取り出そうとしたとき

「えっ、何……？」と彼女は大声をあげた。

「どうかしましたか？」と不安そうにリベカが聞いた。

「いいえ、奥様、ご心配なさらないでください。弟様がお兄様のかかとをつかんでいらっし

ゃいます。まるで、待って、僕が先だよ、というように。こんなこと初めてです」

助産師は、先に生まれた兄の手首に赤い紐を巻いて長子のしるしとした。

「僕が先だよ、ですって？」

リベカは、「兄が弟に仕える」といわれた主の御ことばを思い出していた。

「ウフフフ、可愛い子……」

弟は兄と全ったく違い、白い肌をした美児だった。つまり、二人は二卵性双生児だった。

二人の赤子を両腕に抱えたときから、リベカは弟を兄よりも何倍も愛しく感じた。

「おう、この子が私の長男か、なんて男らしい子だ」

イサクは長子の赤子を腕に抱くと、誇らしげにいった。一家の家長にとって、跡継ぎとなる長男の誕生ほど喜ばしいことはない。二男はどうでもよかった。

「この子はいまに強い、たくましい子になるぞ。楽しみだ……」

そして兄はエサウ（赤いと毛深いを意味する）と名づけられ、弟はヤコブ（かかとをつかむという意味）と呼ばれた。

イサクもまた主からお約束を頂いたことがあった。リベカと結婚してから間もなく、カナンの地に飢饉があったときのことである。父アブラハムは、飢饉のときエジプトに脱出したことがあったと、父から聞いていたので、彼らもエジプトに逃げようと考えていた。当時彼らは、ガザの南にある、ゲラルというところに住んでいた。

そのとき主が彼の前に現れ、こういった。

「エジプトに行ってはならない。あなたはこの地に滞在しなさい。私はあなたと共にいて、あなたを祝福し、あなたの父アブラハムとの誓いを果たす。

私はあなたの子孫を星のように増し加え、彼らにこれらの国々を与え、地のすべての国々は、あなたの子孫によって祝福される。それは、あなたの父アブラハムが、私の命令に聞き従ったからである……」

イサクは、エサウを腕に抱いたとき、この子こそ約束の子だ、と思った。

（地のすべてに国々はあなたの子孫によって祝福される）という主のお約束は、それから千数百年後にヤコブの子孫から誕生されたキリストによって成就されることになる。

彼は主がいわれた地に滞在し、種を蒔いた。主は百倍の収穫を与えられ、その地で富み、栄えた。パレスチナ人はそれを見て嫉妬し、彼らを追い出そうと妨害した。平和の人イサクは彼らと争うことを好まず、そこを去って、かつて父が掘った井戸を再び掘り当てたのみか、多くの井戸を掘り当ててその地をベエル・シバ（七つの井戸）と呼んだ。

「おいで、これが弓でこれが矢だ。ほら、こうして矢を飛ばすんだぞ」

イサクは子供たちのおもちゃに小さな弓と矢を与えて使い方を教えた。狩猟は男性として、主要な職業である。また野獣や盗賊に襲われたとき、弓矢は強力な武器であった。

「お父ちゃん、面白いね」

エサウはすぐ興味を示し、毎日弓矢で遊んだ。しかしヤコブは全く興味を持たなかった。

「ヤコブ、お前もおいで、兎や鹿を取りに行こう。面白いぞ」とイサクが誘っても、

「お兄ちゃんと行きなよ。僕は家にいる」

「家で、何をするのだ?」

「お母ちゃんと待ってる。お父ちゃんたちが鹿を取ってきたら、おいしいシチューを作るよ」


ヤコブは完全なお母さん子だった。生まれたその日からリベカはヤコブを離さず、エサウの育児はもっぱら父イサクの仕事になった。イサクはそれで満足して、狩りに行くときはいつもエサウを連れていった。リベカはリベカで、主婦として多くの奴隷を指揮して家畜の面倒を見、食事の支度をするのに、ヤコブはなくてはならない片腕となった。

こうして容貌が全く違う二人は、育てられ方も性格も全く正反対だった。エサウは激しやすい感情家であるのに反し、ヤコブは穏やかな思索家タイプで、成長するとエサウは巧みな狩猟家となり、ヤコブは羊牧者となった。

ある日エサウはいつものように狩に行ったが、その日に限って何もとれなかった。彼はいらいらした。

「こうなれば獲物が見つかるまで、山中駆けずり回ってやる」

それでも獲物がなかった。そしていつの間にか陽は西に傾いていた。

「畜生！　こんな日もあるのだ。ああ腹ペコだ、そうか、朝から何も食べていない。帰るか……」

獲物を追いかけるのに夢中で、気がつくと彼は死にそうなほど空腹だった。暗くなると野道は危険だ。彼は自分に腹を立てながら、夕暮れの道を家である天幕へと急いだ。

天幕に近づくとプーンといいにおいがした。見るとヤコブが竈《かまど》の前に座って鍋をかき回していた。

「おい、ヤコブ。何を煮ているんだ？」

「あ、兄さん、どうしたの？　今日は遅いじゃない？　何か収獲はあった？」

「収獲なんてあるもんか、何を煮ているんだと聞いているのだ」

「レンズ豆と子羊のシチューだよ。兄さんの獲物を待っていたけど、遅かったから……」

レンズ豆とはパレスチナ地方で栽培されている赤い豆で、煮ると赤いスープになった。

「何でもいい、その赤い（アードーム）ものをおれに食わせろ」

（彼の一族が後にエドムと呼ばれたのは、この件がきっかけといわれる）

「晩飯まで待ってよ。もうじき父さんや母さんも野から帰ってくるから、そしたら一緒に食べょう」

「待てるか。おれは朝から何も食べていないのだ。腹が減って死にそうだ。いま、食いたい」

いらいらと食べ物を欲しがる兄を見つめながら、ヤコブはあることをふとを思いついた。日ごろから彼はそのことを考えていたのである。（そうだ、いまだ……）

「兄さん」と、彼はずる賢い目をしていった。

「取引しよう」

「取引？　何とだ？」と彼は傍らに腰をおろして聞いた。

「このシチュー、ちょうどいま煮えたところだよ。いいにおいがして、おいしそうでしょう。パンも焼けているし、ねえ、シチューをいま食べさせてあげるから、その代わり、僕は兄さんの長子の権利が欲しい。ね、取り替えっこしようよ」

「長子の権利？　なぜだ？　そんなものが食えるかのか？」

「だったら僕にください。そして兄さんは腹いっぱいおいしいシチューを食べる。いいでしょう？」

「腹の足しにならない長子の権利なんて持っていてもしようがない。欲しければくれてやるぞ」

（ふん、おれが長子であるという事実はそんなことで変わるはずがない。事実だからな）

「本当にいいの？　神様に誓ってくれますか？」

「神様？　いいとも。何万回でも誓ってやる」

（どうせ口先だけだ。いまのおれは腹ペコなんだ）

彼は大げさに天を仰いで手をあげた。

「主よ。いま私は弟ヤコブに私の長子の権利を譲ることを誓います。アーメン。これでいいか？」

「アーメン。兄さんは神に誓ったのだから、後になって、あれは嘘だとはいえないよ。忘れないでね」

アーメンとは、真実という意味である。

「そんなことはどうでもいい、つべこべいわず、早く食わせろ」

エサウは、物心がついたときからイサクの家の跡取り息子として扱われていたので、長子の権利について考えたこともなかった。そういうものだと思っていた。弟が、「兄さんが僕に譲った」といっても、家の者たちが信じるはずがないし、彼に対する態度が変わるものでもない。今日のことは後でどうにでもなるさ、と軽く考えていた。この場合、彼にとって重要だったのは食べ物であり、長子の権利などどうでもよかったのだ。しかし、祖父アブラハムを特別に選んで祝福された神の、その祝福を受け継ぐことがどれほど大きな意味を持っていたか、そのことに対しあまりにも彼は無頓着だった。そして一杯のシチューで、その祝福を継承する権利を弟に売ってしまったのである。

彼は腹いっぱい食べると満足して、自分の部屋に行ってぐっすりと眠った。自分が失ったものの大きさに気づいたのはずっと後になってからだった。

「母さん」

ヤコブはこの重大な取引を、母親だけには知らせておこうと思った。

「大事な話があるのだけど……聞いてくれる？」

「大事な話？　ええ、お前の話なら何でも聞きますよ」

「あの、僕は兄さんと同じ日に生まれたのですよね」

「え？　そうよ。それがどうかしたの？」（この子は何を言い出すのかしら……？）

「と、いうことは、つまり……僕らの場合、神様は僕を先にお造りになった、だから、生まれるとき、後から造られた兄さんが先に出たということでしょう？」

「え？　お前は何をいいたいの？　世間では、先に生まれた子が兄と決まっているのよ」

「でも、本当は先に造られた子が兄でなければおかしいよ」

「おかしくても、おかしくなくても、そう決まっているのだから、しょうがないわ」

（お母さんだってそう思いたいわ。お前が長男だったらと……）

「母さん、実は僕……、兄貴と取引したんだ」

「取引？」

彼はあの夜、兄の長子の権利と、彼の煮た一杯のシチューとを交換したことを母に話した。

「一杯のシチューとですって？」。リベカは事の重大さに真っ青な顔をしていった。

「お前……、そんなこと、お父さんが承知すると思うの？　もしそれをお父さんに話したら、お父さんはなんというかしら。絶対にお許しにならないわよ」

「うん。でも、二人で神に誓ったから、もう変えられない。母さん、お願いだ、このことはお父さんに当分内緒にしてくれる？　いつか、きっとそのことが分かる日がくると思うよ……」

「いつか……？」

（ああ神様、思いがけないことになりました。このことを主人に知らせるべきでしょうか？　助けてください……）


イサクは何も知らなかった。リベカもエサウも何もいわなかった。そして普段と変わらない平穏な日々が続いた。そして、エサウは四十歳になると父にいった。イサクはすでに百歳だった。


「父さん、結婚したいのだけど……」

「結婚？　そうか……」

（そうだ、もっと早く考えてやるべきだった）

「私が母さんと結婚したのも四十歳のときだ。お前も、カランの伯父さんの家からもらうか？」

「いや、いいですよ。僕はもう決めましたから」

「決めた？　誰と？」

「カナン人の娘です。一人はベエリの娘エフディテと、もう一人はエロンの娘バセマテです」

「二人か？」

当時は裕福な家庭では、自分の血をひく跡継ぎを多く持つために、妻を何人も持つのは当たり前のことだった。

「ええ、二人とも可愛い子ですし、僕に首ったけですから、どちらか一人にしろといわれても僕も決められないし……、いっそ二人とももらおうと思うんです。いいでしょう？」

「まあいいだろう。それで、向こうの親御さんたちは承知しているのか？　花嫁料を払うのは私だぞ？」

「承諾してくれましたよ」

「そうか、そこまでお前が決めたのならそうすればいい」

こうして長男の結婚のため盛大な結婚式が行われた。祝宴は、一人の娘の家族とその親類縁者のため七日間、もう一人の娘の家族とその親類縁者のためもう七日間、都合十四日間続いた。

しかしこの妻たちは、イサクとリベカにとって悩みの種となった。二人は、それぞれの家庭から偶像神を持ち込んだのである。そして、やれ新月の祭りだ、やれ農耕の祭りだ、と事あるごとに家族や近隣の人々を招いて偶像神の前で飲んだり食べたりして騒いだ。エサウは何もいわずに、自分も一緒になって騒いでいた。


「あなた、どうにかしてください」

「どう……って、何のことだ」

「エフディテとバセマテのことですわ、我が家に偶像神を持ち込んだりして……私、もう我慢ができません。天の神、主はきっとお怒りになるでしょう」

「うむ。しかし、私たちはカナン人の中に住んでいる。嫁たちはカナン人だ。そのしきたりをやめさせるわけにはいかないだろう」

「あなたはお優しいのね。エサウはエサウで、嫁と一緒になって騒いでいるし……」

「うむ。エサウが二人の嫁と仲よくやってくれればそれでいいではないか。私たちが口出しをしないほうがいい。喧嘩はご免だ」


百歳を超えていたイサクは家庭内にもめ事が起きるのを好まなかった。生まれつき穏やかな性格の彼は次第に無口になっていた。視力が衰えていたのである。

4 「祝福は一つですか」

イサクはある朝エサウを呼ぶようにリベカにいった。

「うむ。私はほとんど何も見えなくなってしまった。神が私をお呼びになるのも近いだろう」

「エサウを？」

「あなた、そんな弱気にならないでくださいな。私たちがいますから大丈夫ですわ」

「それは何ともいえない。それでな、エサウにいまのうち、神から私に与えられた祝福を譲っておきたい。遅くならないうちに……な」

「え？」。リベカははっとした。

（いけない、この人は、エサウがヤコブに長子の権利を譲ってしまったことを知らないのだ）

「あなた、なにも今日でなくても……」

「いや、思いついた日にしないと、後で後悔するかもしれない。今日だ、エサウを呼びなさい」

「はい」

妻は夫に逆らえない。リベカは仕方なく、召使いにエサウを呼びに行かせた。

（神様、どうしたらいいのでしょうか……）


「お父さん、エサウです」

珍しく父から呼ばれたエサウは、少し心配そうな顔をして父の天幕の中に入ってきた。

「エサウか、ここにきなさい」

「はい？」

「私はすっかり年をとった。その上、目も見えなくなった。それで、お前はこれから野に行って、肥えた、若い獲物をしとめてきなさい」

「いまからですか？」

「そうだ。それを、お前の手で料理して私のところに持ってきなさい。お前の手からそれを食べたいのだ。私の好きな料理を知っているだろう」

「知っていますが……なぜ、今日に限って私の手料理を……？」。彼はハッとした。

（もしや……？）

「よく聞きなさい。私はこのように年をとって、いつ世を去るか分からない。それでいまのうちに長男のお前に、私が神から授かった祝福をお前に譲ろうと思う。今日、お前の手で料理したものを食べてそれを行う。分かったか？　分かったら行きなさい」

「分かりました！　行きます！」。エサウの心は躍った。

（アハハハ、分かったか、ヤコブ？　おれが長子だ。父さんの祝福はおれのものだ。ざまあみろ）

彼は弓矢を手に持つと、喜々として家を出て行った。


リベカは夫と息子のやり取りをすべて見聞きしていた。

（どうしよう、このままでは祝福はエサウのものになってしまう。急がなければ……）

彼女は召使いを牧場に走らせて、ヤコブにすぐ母のところにくるよう伝えた。

「母さん、ヤコブですが……」

「ヤコブ、大変よ。お父さんがエサウに、野に行って獲物を取ってくるようにいったの」

「それがどうかしましたか？」

「それでお父さんの好きな料理を作って、お父さんに食べさせなさいって……」

「はあ？」

「分かる？　お父さんはエサウの手からそれを食べて、エサウに祝福を与えるのですって」

「え？　長子の祝福の儀式ですか？」

「そう。本当はお前がそれを受けるはずでしょう？」

「けど、お父さんにはまだいっていませんよ」

「そんなことどうでもいいわ、今日お前がそれを受けるのよ。エサウは獲物を取りに行ったわ。兄さんが帰る前にお前が父さんのところに行くの、分かる？」

「母さん、僕が行ってどうするの？　僕はヤコブです」

「お父さんは目が見えないから、だませるわ」

「だます？　母さん、そんなことできるないよ。それに僕は獲物を取ってきたわけじゃないし……」

「私が責任を持ちます。お前は私のいうとおりにしなさい。私にいい考えがあるの……」

（なんとしてでもヤコブが祝福を受けられるようにしなくては……）

彼女は後先のことを考えることができないほどこの思いにとらわれた。そしてヤコブに、牧場に行って一番上等のよく肥えた子山羊を二匹持ってくるように命じた。それからエサウの天幕に行き、彼の体臭が残る衣服を持ってきた。そのうちにヤコブが戻ってきた。

「母さん、ほら、子山羊……」

「あ、それでいいわ。私はそれでお父さんの好きなおいしい料理を作りますから、お前はそれを持って、お父さんのところに行きなさい。そしてこういうのよ。お父さん、お父さんの好きな料理を持ってきました。これを食べて僕を祝福してください……」

「母さん、何をいってるんです？　だますって……僕がエサウ兄さんのふりをするんですか？」

「そうよ。できるでしょう？」

「そんなこと、できるわけないでしょう。僕と兄さんとはまるっきり違いますし……」

「大丈夫よ。お前とエサウは、お母さんも間違えるくらい声が似てるから……お父さんは目が見えないから、お前がエサウだといえばそう思いますよ」

「思いませんよ。僕を抱いて首にキスしたり、手を握ったりしたらすぐばれますよ。兄さんは毛むくじゃらだし、僕はご覧のとおりすべすべした肌ですからね。母さん、いやです。もしばれたら、祝福どころか、僕は一生呪われる……父親をだました者として。よしましょう、こんなこと……」

「ヤコブ、勇気を出しなさい。神様はお前たちの誓いをお忘れになったと思うの？　あれは遊びだったのですか？　神様を甘くみてはいけませんよ」

「神様を甘くみる……？　でも、肌が……」

「だから、子羊ではなく、子山羊にしたのよ。子羊の毛は柔らかくてふわふわしてるけど、子山羊は人間の体毛のようにまばらだから。さあ、ここにさっきの子山羊の皮があるから、これをあなたの首筋や手首に巻きつけなさい。そうすればお父さんは触っても分からないでしょう。そして、これは兄さんの服よ。兄さんの体臭がするわ。これを着れば、お父さんはお兄さんの匂いで、お前をエサウだと思うでしょう。お前たちの誓いが果たされる機会はいましかありません。もし神様が呪われるなら、その呪いは私が受けます」

「いましかない？　母さん……分かったよ、やってみる。確かに僕たちは主に誓ったのだから……やるしかないよね」

ヤコブは決断した。

（すべては神様がご存じだ。お任せしよう……）

リベカは意外なほど落ち着いていった。

「さあ、兄さんが帰ってくる前に、あなたはお父さんのところに行くのよ。急ぎましょう」

彼女はイサクの好きな子山羊の料理を土器に盛り、ヤコブの首と手首に子山羊の皮を巻きつけた。その上にエサウの服を着せ、料理とパンと葡萄酒を彼に渡していった。

「神様はあなたの味方よ。恐れないでお父さんのところに行きなさい」

彼女は自分でも不思議に思うほど冷静だった。

（「二つの国があなたの胎内にあり、二つの国民があなたから分かれ出る。一つの国民は他の国民より強く、兄は弟に仕える」……。神様、あなたを信じます。御ことばどおりになりますように……）

（主よ、僕は兄と長子の権利を交換しました。あの誓いは遊びではありません。本気です。どうぞ僕を助けてください）

こんなに真剣に主に祈ったのは初めてだった。彼は震えそうになる自分を励ましながら父の天幕の中に入っていった。イサクは横になって目をつぶっていた。

（いよいよだ……恐れるな……）

「父さん……」

「誰だ、お前は……？」イサクはいぶかるように聞いた。

「エサウです……お父さんのお好きな料理を持ってきました。起き上がって、この料理を食べて、僕を祝福してください」（しっかりしろ……）

「エサウ？　お前か？　早かったじゃないか。こんなに早く獲物が取れたのか？」

（声はエサウだが、何かいつものエサウではない……）

「はい。お父さんの神、主が僕を助けてくれました」（助けてください！　主よ）

「そうか。それで、何を捕まえたんだ?」

「はい、こ、小鹿です」と、とっさに彼は答えた。

「小鹿か、それはいい。父さんの大好物だ。持ってきなさい」

「はい」

ヤコブが父のそばに行くと、イサクは起き上がってヤコブの手を取り手首に触った。

「確かにこの手はエサウの手だ。お前が入ってきたときヤコブかと思ったが、あれは私の思い違いだった。本当にお前はエサウだな? 匂いはエサウの匂いだが……」と、彼は念を押した。

「はい、エサウです」(震えるな。しっかりしろ)

「そうか。その小鹿の料理を出しなさい。食べて、お前を祝福しよう」

イサクの好みをよく知っていたリベカの料理は、イサクが望んでいた味だった。

「うまい。よく作った」

彼は満足そうにそれを食べ終えると、葡萄酒を飲んでいった。

「エサウ、ここにきて私にキスしてくれ。私の主によってお前を祝福する。今日から主はお前の主だ」

「はい、お父さん」。彼は父のそばに寄り、その頬に軽くキスをした。

（神様、ばれませんように）

イサクは彼の首筋を抱いていった。

「ああ、我が子の匂いだ。主が祝福された野の香りのようだ」

彼は右手を天に挙げ、左手で彼の肩を抱き、見えない目を天に向けて、老人とは思えないしっかりした声でいった。

「神がお前に　天の露と地の肥沃、豊かな穀物と新しい葡萄酒をお与えになるように。多くの民がお前に仕え、多くの国民がお前にひれ伏すように。

お前は兄弟たちの主人となり、母の子供たちもお前にひれ伏すように。

お前を呪う者は呪われ、お前を祝福する者は祝福を受けるように……」

言い終わるとイサクは、確信をもっていった。

「よいか、エサウ。神が授けてくださった祝福は今日からお前のものだ」

「はい……」（うまくいった……主よ、感謝します）

ヤコブは祝福を受けると、急いで母のところに行った。

「どう？　うまくいった？」

「母さん、お祈りありがとう。ばれなかった！　父さんは僕を抱いて祝福してくれた。今日から、父さんに与えられた神の祝福は僕のものだ。母さん、本当にありがとう。何もかも母さんのお陰だ」

「いいえ、神様のお陰よ。あなたが母さんのお腹の中にいるときから、いいえ、その前から、神様はあなたを選ばれたの。感謝するなら神様にしなさい」

「そうだね。僕はうれしい。何万回でも神様に感謝するよ」

「よかった」(でも、エサウのことが心配だわ。帰ってきてお父さんのところに行ったら……、考えるのはよそう、もう事は始まったのだから……後はなるようにしかならない……)


彼女の心配は杞憂ではなかった。それはすぐ起きた。ほどなくエサウは狩から戻り、その背中には見事な大鹿があった。

「母さん、台所を借りるよ」

彼は召使いに手伝わせて、自分でその鹿の肉を料理した。リベカは黙ってそれを見ていた。エサウは鹿の肉の料理を作ると、それを大皿に盛り、父のところに行った。

「父さん、エサウです。祝福してください」

「何?　エサウ?　本当にエサウか?」(では、さっききた男は誰だ……?)

驚愕のあまりイサクのからだは激しく震えた。

「はい。喜んでください。見事な鹿を捕まえました。それで、父さんの好きな料理をこしらえて持ってきました。食べて、僕を祝福してください」

「鹿の料理？……だとすると、あれはヤコブ……？　ヤコブだ！」

「ヤコブ？　ヤコブがどうかしましたか？」

「お前のくる前に、ここにきて私はエサウですといった……おいしい小鹿の料理を持ってきた。私はそれを食べて……彼を祝福した」

「何ですって？　嘘でしょう……父さん、僕がエサウです！　僕を祝福してください！　僕が長男なんです！」と、彼は叫んだ。

「いや、それはできない……分かってくれ、祝福はすでに彼が受けてしまった。神に、あれは間違いでした、やり直します、といえると思うか？」

「父さん……」

（ヤコブ！　先には私から長子の権利を奪い、今度は祝福まで奪ったのか、畜生！）

彼はわあっと声を挙げて泣いた。

「父さん、祝福は一つしかないのですか！　僕の受ける祝福は残っていないのですか？」

「エサウ、いまはお前のためにこういうことしかできない。そこに膝まづきなさい」

そういって彼はエサウの頭に手を置き、預言した。

「ああ、地の産みだす豊かなものから遠く離れたところ、天の露からも遠いところ、この後お前はそこに住む。お前は剣に頼って生きていく。そしてお前は弟に仕える。いつの日かお前は彼に反抗を企て、自分の首からそのくびきをふるい落とす……」

エサウは自分の天幕に戻ると、激しく泣き続けた。それを見たエサウの妻たちは驚いて聞いた。

「あなた、どうしたの？」

「悔しい。ヤコブが父さんをだまして、僕から祝福を奪った。あいつを殺す」

「殺す？　ヤコブを？　何をいうの。弟を殺すなんて恐ろしい罪よ、そうすればあなたも殺されるわ」

「いますぐでなく、父さんが死んだら……父さんはもうそんなに長く生きない。そしたら必ず殺す……そして祝福を奪い返してやるのだ、畜生！　いまにみていろ」

妻たちは驚いてリベカのところに行った。

「お母さん、エサウは、お父さんが亡くなられたらヤコブを殺すっていってます！　そんなことをしたら、エサウは弟殺しになります。お願いですから彼を止めてください」

「殺す？　ありがとう知らせてくれて」

（どうしよう、あの子は本気だわ。ヤコブを逃がそう。日がたてば、エサウの気持ちは治まるかもしれない。毎日顔を会わせていたら、ますます憎しみは激しくなる……）

リベカはヤコブを呼んでいった。

「逃げてちょうだい。兄さんがあなたを殺すっていってるの。そうすれば兄さんも弟殺しの罪で殺されるわ。一度に二人とも失うなんて、母さんには耐えられない」

「逃げる？　どこに？」

「お前の伯父さんのところへ……」

「伯父さん？　ラバン伯父さんですか？」

「聞くところによると伯父さんは元気らしいわ。お前が行けばきっと喜びますよ」

「でも、お父さんになんていうの？　父さんは僕に口を聞いてくれない……」

「お父さんには私から話します。お前がいなくなればお兄さんの怒りが治まるかもしれない。そうしたら使いを出しますから、そのとき帰ってきなさい」

リベカは夫のところに行って声をかけた。あのとき以来、イサクはほとんどリベカにも口を聞かなかった。エサウも彼を避けていたので、イサクの話相手といえば、目の見えない彼の面倒をみるエサウの二人の妻たちだけだったが、このカナンの女たちは、陽気で下品でおしゃべりで、しとやかな姑のリベカとは気が合うことはなかった。

「あなた、入ってもいいですか?」

リベカの声を聞くと、だらしのない恰好で舅の前で飲んだり食べたり、おしゃべりをしていたエフディテとバセマテは、慌てて座り直して、食べかけの食物を片づけながらいった。

「あら、お母さん、どうぞ、どうぞ、私たちは出て行きますから……」

「あなた、あの嫁たち、いつもここにきているのですか?」

「うむ、お前からよいしつけを受けている召使いたちの前では自由に振る舞えないのだろう。私が一人でいるとよくくる。私も一人でいるよりよい……」

「そう、ここでは召使いにもあなたにも見られる心配がありませんものね、あの嫁たちの一番のお気に入りの場所だわ……それで、今日は、あなたにお話があるの……」

「ほう、お前から話とは珍しい、何だ?」

「ヤコブのこと……」

「ヤコブ？」と彼は気難しい顔をした。

「エサウには二人も嫁がいるのに、ヤコブはまだ一人よ」

「そうだな。しかしヤコブは結婚したいといわない、相手が見つからないのだろう」

「カナンにはヤコブの気にいる娘はいませんよ。あのエフディテやバセマテを見ていると、私もつくづく嫌ですもの。もしヤコブが、あの女たちのような娘を連れてきたら、私は何のために生きるのか分からなくなります」

「大げさだな。それで、どうするのだ？」

「私の兄のラバンのところに彼を行かせたらどうかしら？　きっといい娘がいるかもしれないわ」

「ラバンのところ？　カランに行かせるのか？」

「ええ。私もカランからあなたのところにきましたよ」

「そうだったな。なるほど……」

　イサクは数十年昔のことを懐かしく思い出した。あのとき自分は花嫁の到着が待ち遠しく、毎日門の前を通る旅人を見つめていたものだ。そしてエリエゼルの姿を見たとき、駆け出して花嫁となるリベカに会い、その美しさに小躍りした……。

（旧約聖書には美女がたくさん登場するが、「美しい」という形容詞の上に「非常に」という副詞がついているのは、サラと、リベカと、ダビデ王の妃となったバテ・シェバだけである）


（うむ……ヤコブをこの家から出すいい口実だ）

イサクは、自分をだましてエサウの受けるべき祝福を横取りしたヤコブを、父としてどうしても許せなかった。かといって祝福を受けたヤコブを追い出すこともできないというジレンマに悩んでいたので、リベカの提案にすぐ飛びついた。

「よし、分かった。ヤコブに私からいう。ヤコブを呼びなさい」

「そうしてくださいます？」

「うむ」

リベカは、たとえ離れていても、生きていて幸せになってくれればそれでいいと思い、ヤコブを呼びに行った。

「お父さんがお呼びよ。すぐ行きなさい」

「え？　父さんが僕を？　何だろう……」

（あれ以来父さんに会っていない……）

ヤコブは、何をいわれるのかとびくびくしながら父の前に出て行った。

「父さん、ヤコブです」

「ヤコブか、話がある。そこに座りなさい」

ヤコブは黙って父の前に座った。なんといっていいか分からなかった（ごめんなさい……）。

「ヤコブ、お前も結婚しなさい」と、いきなり父はいった。

「え？　は、はい……だ、誰とですか」

（何をいわれても父さんのいうとおりにしよう、でも、母さんは逃げろといった、どうしよう）

「母さんの兄のラバンのところに行け。そしてその地で自分の嫁を探せ」

「はい」

（そうか、母さんが父さんに話してくれたのだ！）

「では、花嫁料をどうしましょうか？　用意していただけますか？」

（そんなわけないよな……）

「花嫁料？」

（何をいうか、お前は私をだましたのだぞ……）

イサクは少し語気を荒げていった。

「よいか。お前は神から祝福を受けた。それで十分だと思いなさい。どこに行っても、何をしてもお前は祝福を受ける。だから自分で稼いで花嫁料を用意しなさい。私を当てにするな。お前の妻と子供たちがみな祝福されて栄えるように祈る……父さんがお前にできることはそれだけだ」

（よいか、それがお前の受けるべき罰だ……）

イサクは自分の結婚のために、父アブラハムが金銀宝石、晴れ着など十頭のラクダに積んだ花嫁料をラバンに贈ったことを知っていた。そしてエサウの結婚にはそれと同等のことをしたにもかかわらず、彼は我が子ヤコブには何もしなかった。

（父をだます罪がどんなに大きいか、思い知るがよい）

エサウは自分の二人の妻がリベカの気にいらないのを知って、父の異母兄イシュマエルのところに行き、彼の娘の一人マハラテを三人目の妻として迎えた。これはさらなる不和を家庭の中に持ち込んだにすぎなかった。

5　天のはしご

出発の日がきたとき、父イサクは見送ろうともせず、天幕の中にいたきりだった。

「ヤコブ、いよいよ行くのね。何もしてあげられなくてごめんね。父さんが、お前には何もやるな、というの。母さんが悪いのよ。お前をそそのかしたのは私だから……」と、彼女は涙にむせびながらいった。

ヤコブはその震える両肩に優しく手を置いた。

「母さん、僕は感謝しているよ。母さんのお陰で僕は父さんの祝福を受け継いだ。だから僕のことは心配しないでください。僕は大丈夫だよ」

「ヤコブ……」

赤子のヤコブを初めて胸に抱いた日から四十年余、一日とて離れた日はなかった。

「きっと帰ってくるのよ。待っていますからね……」

「母さん、僕が帰るまで元気でいてください」

「そう、きっとまた会えるわ。あなたも元気で……」

母と大勢の召使いたちに見送られてヤコブは家を出た。

しかし、リベカは二度と愛する息子に会うことはなかった。二十数年後に彼が家族を連れて帰ってきたときは、すでに彼女はこの世にいなかったのである。その陰には、嫁たちとのストレスがあったのであろう。


ヤコブはいくばくかの小銭が入った袋のほか、何も父から与えられることもなく家を出た。持っていたのはリベカが用意してくれた数日分のパンと衣類、それに途中で怪我をした場合の傷口に塗るためのオリーヴ油だけだった。

（父さんは僕のことをいつまでも許せないのだ。分かったよ、父さん）

孤独な旅が始まった。黙々として、ひたすら歩くだけだった。暗くなれば適当なところで横になり、川があれば身を洗い、空腹になれば食べ物を口にし……。

（寂しいなあ……）生まれて初めての体験だった。

しかし不思議と食べる物には困らなかった。

「ヤーウェ・イルエの神だ、神はすべての必要を満たしてくださる……」

父から聞いたモリヤの山のことを思いながら、彼は歩き続けた。

あるときは空を飛ぶ鳶がくわえていた魚を彼の足元に落としてくれたり、行き交う旅人が食べ物を分けてくれたり、たわわに実るイチジクの木の下で休憩したり、親切な農家の人々が食事に誘い泊めてくれたり……しかし、ついに何もなくなったときがきた。歩いても、歩いても一軒の人家もなく、夜露をしのぐ場所もないような荒野の真ん中で夜になった。

「腹が減ったなあ、昨日から何も食べていない。しかしこのような場所でウロウロするのは危ない。道を間違えて体力を消耗するだけだ。よし、今夜はここで野宿だ」

そこは、モリヤの山から十キロくらい北に行ったところだった。これから先の長い道中を思うと不安な思いでいっぱいだった。

「お前は神から祝福を受けたのだ。私たちから何かもらえると思うな」と父はいった。

（これが祝福なのか……）いままでは裕福な家庭に生まれ、両親の愛の中で多くの召使いにかしずかれ、何一つ不自由のない毎日だった。それが……いまは何もない、母の優しい声も聞けない。あるのは暗闇と孤独……

（主よ……食べる物も何もありません、私はどうなるのでしょうか……ここで野垂れ死に……？　いやだ……死にたくない……主よ……死にたくありません。許してください、許してください……罪人の私を……）

涙がとめどなく溢れた。彼は、許してください、と繰り返しながら、足元の石につっ伏して声を挙げて泣いた。そして泣きながらいつの間にか眠ってしまった。そして夢を見た。

彼のすぐそばに長いはしごが立っていた。見上げると、その頂きは天に届き、天の使いと思われる人の形をした者が、そのはしごを登ったり降りたりしていた。そして彼の横にはまばゆい光があり、光の中に人影が見えた。

「主だ！」

ハッとして彼は起き上がってその前にひれ伏そうとしたが、体が動かなかった。

「私はあなたの父アブラハムの神、イサクの神、主である」と光の中からその人はいった。

「よく聞きなさい。私はあなたに七つの祝福を与える。

（一）あなたが横たわっているこの地を、あなたとあなたの子孫とに与える。

（二）あなたの子孫は地のちりのように多くなる。

（三）あなたの地は西、東、南、北へと広がる。

（四）地上のすべての民族は、あなたの子孫によって祝福される。

（五）私はあなたがどこにいてもあなたと共にいてあなたを守る。

（六）私はあなたを必ずこの地に連れ戻す。

（七）私はあなたと約束したことを成し遂げるまで、決してあなたを捨てない」

言い終わると、人影も、光もはしごもすべて消え、元のような暗闇になった。そしてヤコブは目を覚ました。すでに東の空は明るくなっていた。昨夜の孤独感は失せ、心は驚くほど平安で、喜びが溢れ出てきた。

「主が夢に顕現された……七つの祝福をくださった。知らなかった、ここはなんという恐れ多いところだ。ここここそ神の家、天の門……ベテルだ」

カナン人がルズと呼んでいたこの場所は、後にベテルと呼ばれるようになり、その後のイスラエル建国の歴史の中で、重要な位置を占めるようなる。

ヤコブは起き上がると枕にしていた石を立てて、その上に母リベカが持たせてくれた油をことごとく注いだ。

（主が守ってくださると約束してくださった。この油は神に捧げよう）

生け贄の血、葡萄酒、オリーブ油などの液体の捧げものは、注ぎの捧げ物といわれ、誓いのしるしであった。

「主よ。あなたが私と共にいて守ってくださり、食べ物と着る物とを与え、私を再びこの地に帰してくださるなら、そのとき私はここに神の家を建て、私に与えてくださるすべてのものの十分の一をあなたにお捧げいたします」

（この石は、ここで主に出会ったことと、主に誓った記念の碑だ。もう私は孤独ではない）

夢の中ではあったが、これがヤコブが神と出会った初体験だった。彼は自分の人生がこの先大きく開かれていくことを確信した。そして彼はひたすらカラン、伯父たちのいる町に向かっていく日も歩き続けた。不思議と食べる物に不自由することはなかった。

（ヤーウェ・イルエだ……）

道はいままでと違ってきた。人の住む天幕が立ち並び、人々の往来が賑やかになってきた。そして井戸があった。陽はすでに西に傾いていた。

「井戸だ。母さんがエリエゼルに会ったのは井戸のそばだといった」（この井戸かな……？　たぶん違う。母さんの話に出てくる井戸と違うが、あれから何十年もたっているのだからな……）

井戸の周りには羊飼いたちが羊の群れを連れて集まっていた。その井戸には大きな石の蓋がしてあり、羊飼いたちは、すべての群れが集まったときにその蓋を転がして、羊たちに水を飲ませるのであった。

「こんにちは」と彼は羊飼いたちに声をかけた。

「ここはなんという町ですか」

「カランだよ」

「カラン！」（ああ、ついにきた。ここが母さんの生まれた町だ！）

涙が出るほどうれしかった。

「では、ラバンという人を知っていますか？　ナホルという人の孫ですが……」

「ラバン？　よく知ってるよ。ここにいれば、もうすぐラバンの娘のラケルがくるだろう」

「ラケル？」（「雌羊」という意味だ。いい名だ。きっと母さんみたいに美人だ。でもなぜここに？）

「彼女も羊飼いだよ」

「羊飼い？　女性が？」

羊飼いは男性の仕事である。あるときは風雨にさらされ、あるときは野獣に襲われ、大声で羊を制し、牧草地から他の牧草地へと群れを導き、あるときは、他の牧者との争いもある。場合によっては野宿することもある。とても女性のする仕事ではない。

「ラバンには息子がいねえから、彼女が家の手伝いをしているだよ。よく働くいい娘だ。おれたちは皆ラケルのファンだ、崇拝者だな」

「ファン？　ですか？」

「うん、美人だからね。だから彼女がくるのを待って、羊に水を飲ませるのさ。この井戸の蓋は重くて、女には開けられねえからね」

「では、私が手伝いますから、あなたがたの羊に水を飲ませてあげてください。そうすれば早く帰れるではありませんか。一日くらい彼女の顔を見なくてもいいでしょう」

「そうさな。いいのか？　おれたちが先に家に帰っても？」

「いいですとも。私はここでその、ラケルという娘がくるのを待ちますから」

彼は一人でラケルに会いたかった。羊飼いたちは喜んで井戸の蓋を持ち上げて羊たちに水を飲ませると、蓋を元に戻してそれぞれの家族のところに帰って行った。

（ラバン伯父さんの娘！　僕の従妹ラケルだ！　どんな人だろう……）

長い旅がついに終わったのだ。彼はラケルがくるのを待つことにした。ほどなく別の羊の群れがこちらの方にくるのが見えた。その先頭に立って羊を導いているのは明らかに女性だった。

（あの人だ！　あの人がラケルだ！）

彼の胸は高鳴った。

娘は、井戸のそばに顔見知りの羊飼いたちの代わりに、見知らぬ旅人が一人いるのを見ると戸惑った様子だった。彼は何もいわずに井戸の蓋を転がし、彼女の羊が水を飲むのを手伝った。胸がいっぱいで、涙が出そうだった。彼女は思いがけない親切な旅人に、

「どなた様か存じませんが、ありがとうございます……」と、丁寧に挨拶した。

（なんという美しい目だ！　母さんの目だ！　可愛い……）

「ラケル……さん、僕は、ヤコブといいます。あなたの従妹です」

「え？　従妹？」

「僕の母は、あなたのお父さんの妹のリベカです。僕はその子のヤコブです……」

（やっと僕の旅は終わった……）

うれしさのあまり涙が溢れてそれだけいうのがやっとだった。彼はラケルを抱いてその頬に口づけして泣いた。

「離して。泣くの止めてよ。あなた、リベカ叔母さんの子？　リベカ叔母さんは遠いカナンの地にお嫁にいったとお父さんがいってたわ。ちょっとここで待っててね。父に知らせてきますから……」

そういうと彼女は羊の群れをそこに置いて走って行った。


「お父さん、ヤコブがきたわ、井戸のところに……」

「ヤコブ？　羊はどうしたのだ？」

「ヤコブがみてるわ」

「ヤコブって誰だ？　なぜ羊を置いてきたのだ」

「リベカ叔母さんの子ですって。私の従弟よ」

「何？　リベカの息子だと？」

彼はハッとした。リベカを嫁に欲しいと、伯父のアブラハムの召使いが、十頭のラクダに山のように荷を積んできた日のことを思い出した。莫大な花嫁料だった。

（ヤコブがきた？　これはたぶん、娘を嫁に欲しいというのかもしれない。それなら、また花嫁料がもらえる）と、彼は心の中で計算した。

「ラクダは何頭くらいいたか？」

「ラクダなんかいなかったわ、彼一人よ」

「一人？　おかしいな。そんなはずはない。とにかく会ってみよう。お前はこなくていい」


彼は井戸のところに行き、羊と共にいるヤコブを見つけた。

（うむ。確かにリベカに似ている。それで、ラクダはどこだ？）

しかし見渡したところラケルのいうようにラクダはいなかった。

（たぶん、ほかのところに置いてあるのだろう）と思いながら、彼はヤコブに声をかけた。

「ヤコブか？　私はラバンだが……リベカの兄だ」

「あ、伯父さん。僕はヤコブです。お会いできてうれしいです」

「一人か？　共の者はどこだ？」

「共の者？　いません。カナンから一人できました」

「一人できた？」

（何か様子が違う……）

「そうか。ま、よくきた。疲れただろう、家にきなさい。羊の面倒は見られるか？」

「はい、僕の仕事は羊の世話をすることでした。任せてください」

「それなら、そこにいる羊たちを連れて後からついてきなさい」

「はい」

（どうやら当てが外れたようだが、賢そうな顔だ。役に立ちそうだ……）

ラバンには息子がいなかったので、ヤコブはよい手伝いになるだろうと彼は思った。

「こっちだ、ついてきなさい」

（あれ以来リベカとは四十年以上会っていない。その子が長い旅をしてきてくれた……）

ラバンにとって、甥の来訪はうれしいことでもあった。ヤコブは羊を連れてラバンの後に従った。


ラバンの家の客用の天幕の中には、遠くからきた甥を迎えるためにすでに夕食が用意されていた。そして彼の家族がヤコブを待っていた。年老いたベトエルとラバンの妻、二人の娘。おとなしい上の娘はレア（雌牛という意味）といい、器量は悪くなかったが、両目の焦点が合わないという欠点（斜視）があったので、人を正面から見ることができなかった。そのために彼女は自分に自信がなく、ほとんど外に出ずに母を助けていた。妹のラケルは活発な美しい娘で、家にいるより外にいるほうが好きだったので、息子のいないラバンは彼女に羊の面倒を見させていたのである。

いわば彼女は、男性社会で男性と同等に仕事をする女性の第一号ともいうべき女性だった。

（フランスの農民画家ミレーは「羊飼いの少女」という愛らしい少女の絵を描いているが、その絵の発想はラケルだと思われる。ちなみに彼の絵は、聖書から題材をとったものが多い）

ヤコブは、井戸の傍らで彼女にキスをした瞬間から、ラケルに対して燃えるような恋心を抱いた。ひと目惚れだった。

夕食が終るとラバンは甥を自分の天幕に呼んだ。

「結婚はまだか？　なぜ一人できた」

「伯父さん……」

ヤコブは、これからしばらくここに置いてもらう立場から、正直に何もかも話そうと思った。兄エサウと父をだまして、エサウの受け継ぐべき長子の祝福を奪ったこと、エサウが自分を殺すといったこと、そして母からカランに逃げるようにいわれ、父からはカランで妻を探しなさいといわれたこと……、

「お願いです。父さんの怒りが解けるまで、僕をここに置いてください。お願いします」

と彼は床に手をついて伯父を見あげた。

「うむ……お前は私の身内だ。ここにいてもいいが……その代わりうちの仕事を手伝うか？」

「はい。何でもします。なんでも……」

「では、明日から早速羊の世話をしてもらう。いいか？」

翌朝早くから、ラケルが世話をしていた羊の群れは彼の担当となった。裕福なラバンの家にはたくさんの羊や山羊の群れがあり、その多くは奴隷たちが面倒を見ていた。もちろん奴隷は無報酬である。そしてヤコブも無報酬で働かせられた。母のいるベエル・シェバのことを思わないではなかったが、いまの彼にはひとつの楽しみがあった。それは、一日

の労働を終えて夕食のとき、ラケルに会えることだった。もちろん親しく話すことはない。しかしただ彼女を見るだけで胸がはずんだ。

そしてあっという間に一カ月が過ぎた。しかしその一カ月の間に、ラバンの家庭に不思議なことが次々に起きた。まず、ラバンの妻が妊娠した。ラケルを産んで以来子のなかったラバンに、子が授かったのである。そればかりか、牛、羊、山羊などの家畜が次々と子を孕んだ。野獣に襲われることもなかった。イチジクや葡萄も、いままでになくたくさんの実をつけた。麦は立ち枯れも黒穂も出ることもなく勢いよく育っていた。

(不思議なこともあるものだ……ヤコブがこの家にきてからはいいことずくめだ。もしかすると……神が我が家を祝福しておられる？　ヤコブのせいか？)

ヤコブは父イサクから祝福を受けたといった。それで彼を受け入れた我が家も祝福されているのなら、ヤコブを奴隷のように扱っていいものだろうか、と彼は迷った。

(ヤコブを呼んで話そう)

そしてある夜、ラバンは自分の天幕にヤコブを呼んだ。

「ヤコブ、どうだ、仕事はきついか？」

「いえ、ベエル・シェバでも私の仕事は羊の世話でしたから、なれています。なんでもありません」

「そうか。お前がきてから一カ月余りになるが……お前は私の身内だ。奴隷のようにただでいつまでも働いてもらうわけにはいくまい。報酬をあげようと思うが、何か望みはあるか？　遠慮なくいいなさい」

「報酬？　本当ですか？　それなら……」

「何だ？」

「思いきっていいます。伯父さん、僕の望みはラケルです。ラケルを僕にください」と、彼は頬を赤くしていった。

「何？　ラケルと結婚したいのか？」

「はい、ぜひ……」

（そうか……悪い話ではない……）

「嫁をもらうには花嫁料が必要だ。お前の父さんは払う気があるか？」

「父さん？　いえ、僕が払います。父さんは、お前は自分で働いて花嫁料を払えといいました。伯父さん、お願いです。いまのまま無報酬でいいですから、七年働かせてください。それを僕からの花嫁料としてください」

「何？　無報酬で七年働く？　うーむ……」

ラバンは考えこんでしまった。

（七年か……いまの祝福が今後七年続くのなら、それも悪くない……）

「そうだな、娘を他人にやるよりそのほうがいいだろう。お前は私の身内だからな」

「本当ですか？　伯父さん、有難うございます！　一生懸命働きます！」

「七年だぞ、いいな？　それまで待つのだぞ？」

「はい！　待ちます。でも、婚約者として、彼女と話すことを許してください」

「うむ。ま、いいだろう、そのくらいは……」

6　ラケルとレア

　ヤコブとラケルの婚約が公表されると、ラバンの家は皆大喜びだった。心優しいヤコブは皆から好かれていたので、ラケルと仲良さそうに話しているのをとがめる者は誰もいなかった。毎夜夕食の席では、二人はいつも隣り合って座り、終わってもそのまま天幕には帰らず、いつまでも楽しそうに話し込んでいた。皆見て見ぬふりをしていた。

「ねえ、ねえ、ラケル、今日はどんな話をしたの？」

レアは、夜になってラケルと二人きりになると、しつこく聞いた。

「どうって……ヤコブはよくお母さんの話をするわ。お母さんて、すごい美人なんですって」

「そうらしいわね。昔のことを知っている奴隷たちがそんな話をしていたわ。それで？」

「叔父さんのイサクっていう人は、若いとき、おじいちゃまから、生け贄にされて殺されそうになったのよ。神様のご命令だったのですって」

「え？　本当？」

「でも、神様が助けてくれたのよ。身代わりの雄羊をくださったのですって」

「ふーん。神様って優しい方ね」

彼女の質問は次から次へと続いた。

「……もう眠いわ。寝ましょうよ」

「私は眠くないわ。もっと話してよ。ヤコブのことを聞きたいのよ」

「え？」

毎夜のようにヤコブのことを聞きたがる姉をうるさく思いながら、ラケルはふと、姉もヤコブを好きなのではないかと思い始めた。（姉さんに聞いてみようかな？）

「姉さん、どうしてそんなに聞きたいの？」

「だって、ヤコブは私たちの従弟でしょ。聞いちゃ悪い？」

「悪いとはいってないけど……あのね、姉さんもヤコブが好きなの？」

「え？……」

「ねえ、いってよ。その……愛してる？」

「……」

レアは黙って背中を向けると、そのままひと言も口をきかなかった。

「姉さん、なぜだまってるの？　返事してちょうだい！　好きなのね？　愛してるのね？」

「……」

「姉さん、いっておきますけど、ヤコブは私のものよ。ヤコブが愛しているのは私よ。絶対に姉さんに取られたりしないわ。ヤコブの年季が明けたら私たち結婚するのよ。だから、どんなに好きでもヤコブに手を出さないでね。もちろん、姉さんがそんなことするわけないわね？　いい？」

「……」

レアは何もいわなかった。しかし、彼女が頭からかぶっていた羊毛のカバーが小刻みに震えているのが分かった。

（姉さんが泣いてる。本気だわ。絶対に姉さんには彼を渡さない。渡すもんですか）

レアとラケルは仲のよい姉妹だった。しかしヤコブとラケルの婚約が発表されてから、レアはほとんど口をきくことがなくなった。昼間母を手伝って働いているときは普段どおりにしていたが、そのときもどこか寂しげだった。もともと自分の容貌の欠陥を知っていた彼女は、口数の少ない娘だったが、それでも母のそばにいるときは楽しそうだった。その楽しそうな態度も消えた。

「あなた、レアがこのごろ変よ。黙ってふさいでいることが多くなって……」

母のアデナは、ラバンに相談した。

「そうかな、しかし心配するな。もともとレアはおとなしい娘だ」

「そうですけど……」

ラバンにとってレアは初めての娘であり、おとなしくて素直なレアを、彼はラケルより愛していた。ラケルは勝気で、父が何かいうとすぐ反発してくるのだ。

「お前がそう思うのなら、私から聞いてみよう。それでいいか?」


数日後ラバンはレアを自分の天幕に呼んだ。

「レア、母さんが心配しているぞ。お前が近頃元気がないと……病気か?」

「いいえ、元気よ。ちょっと疲れただけ……」

「病気ではない……しかし母さんが、お前がふさいでいるだと。いってみなさい。父さんになら話せるか?何があったんだ?」

「……いえないわ……」といいながら、レアはポロっと涙を流した。

「どうした、レア?　泣いているのか?」

その言葉を待っていたかのように、レアはラバンの膝に顔を伏せてわあっと泣きだした。

「そうだ。泣きたいときには思いっきり泣くがよい」

ラバンは、激しく泣きじゃくるレアの背を、何も聞かずに静かに撫で続けた。

「お父さん……」思いっきり泣いた後で、レアは小さな声でいった。

「なんだ？」

「私……私もお嫁に行きたい……」

「なんだ、お前、そうだったのか。私が悪かった。誰か好きな人がいるのか？」

と、優しくラバンは聞いた。

（ラケルより、レアの結婚を先に考えてやるべきだった……）

「なぜ、早く父さんにいわないのだ？　お前に好きな人がいるなら、ラケルよりお前のほうが先だ。もっとも、父さんはお前がいなくなると寂しくなるが……早速その人のお父上に話しに行こう。誰だ？　その男は……」

「父さん……」と、レアは首を横に振った。

「いえない、聞かないでちょうだい」

「いえない？　お前がそれほど泣くその男の名がいえないのか？　父さんはお前のためなら何でもしてやるぞ……」

「ありがとう、父さん……でも、誰にもいわないって約束してくれる?」

「誰にもいうなだと? なぜだ?」

「だってその人は……ヤコブ……」と、レアは蚊の泣くような声でいった。

「何? ヤコブ?」

「好きだったの。初めて彼がうちにきたそのときから……ずううっと、いまも……彼のことを思うと眠れない……それなのに、父さんは、ラケルと……」

そういって彼女はまた泣き伏した。

「そうだったのか……」

(そうと知っていたら、この娘のために何かしてやれたのに……)

「レア、泣くな。知らなかった父さんが悪い。しかし待ちなさい。彼の七年の年季が終わるまでは結婚の話はしない約束だ。分かるな。しかしそのときがきたら……」

ふうーと彼は大きな息をついた。華やかで、目立つラケルは大輪の花のようだった。しかしレアは、日陰の花だった。ラバンはレアがいじらしかった。

(レアのために何とかしなければ……)


そして七年が過ぎた。その間に彼の妻は妊娠し息子たちを産んだ。広い彼の所有地には新しい天幕が次々に張られ、赤子の泣き声があたりに響いた。奴隷の数は増し、穀物倉の数も増えた。ラバンの家は富み、栄えた。


「ヤコブ、もうすぐね」

「うん、結婚したら僕は君を連れて家に帰る。僕についてきてくれるね」

「もちろんよ。あなたの妻ですもの。どこへでも行くわ」

「母さんはいい人だ。きっと君も好きになるよ」と、ヤコブははるかかなたの方を見つめていた。（母さんにラケルを会わせたい……）

「ねえ、結婚式に着る服決めた？」

「うん、伯父さんは盛大な結婚式を準備しているらしい」

「そうよ。七年も待たされたのですもの。すごく盛大にしてもらいたいわ」

「七年か……長かったけど、あっという間だった、いつも君がそばにいてくれたから……」

「そうね。楽しかったわね。婚約期間……それもいよいよ終わりだわ」

「そうだ、終わりだ……」

　ヤコブはぎゅうっと彼女を抱きしめた。

「ラケル、僕は待ちきれないよ」
「いや、人が見てるわ。そのときまで楽しみにとっておきましょう」

当日は朝から人の出入りが激しかった。招待客は次々とその日のために張られた大天幕の中に吸い込まれていった。中には至るところに美しい花が飾られていた。ドラやシンバル、羊の皮が張られた打楽器。そして男奴隷や女奴隷たちの合唱隊。料理や果実酒が後から後から出てきた。

式は、人々が農作業を終える夕刻から始まった。一番先に出てきたのは、一家の宗教的儀式を司っていたベトエルだった。すでに年老いていたが、純白の祭司服を着た姿はなかなか凛々しかった。続いて、花婿の衣装に身を包んだヤコブと、ラケルの母アデナが登場した。そして、合唱隊の歌が響く中に、父のラバンに手を引かれた花嫁が静かに皆の注目を浴びながら出てきた。後ろに長く曳く純白の花嫁衣装は金と美しい花のレイで飾られていたが、その顔は白いヴェールで覆われて誰も見ることができなかった。ラバンは花嫁の手をヤコブの手に握らせると身を引き、ベトエルの前に二人は手をつないで並んだ。

（柔らかな手だ……）

ふとヤコブは、手の感触がいつものラケルと違うような気がしたが、そんなことはどうでもよかった。（いよいよ今夜から僕たち二人は夫婦だ……）

ベトエルは皆に聞こえるように大きな響く声で、花嫁花婿に天の神、主の前で夫婦の宣誓と接吻をなさせて、この二人はこの日から夫婦であると皆に宣告した。

それから祝宴が始まった。料理も酒も皆上等なものばかりで、招待客はみな大喜びで飲んだり、食べたり、中には踊り出す者もいた。結婚の祝宴は彼らのしきたりで七日の間毎夜続くことになっていて、町の者は誰でも自由に飲み食いができるた。そのため町中の者が喜んでいだ。


天幕の外は中の喧騒を知らぬかのように、静かな暗闇があたりを包んでいた。花婿と花嫁は、召使いの奴隷女が手に持つ燭台の光に足元を照らされながら、彼らのために特別に新しくつくられた天幕の中に入って行った。召使いは、彼らを二人だけにして引き下がった。中は真っ暗だった。


彼らの結婚式の数日前のことである。ラバンは彼の天幕の中で妻と二人で話し合っていた。

「アデナ、大事な話がある」

「何ですか？　急に改まって……」

「ヤコブのことだが、あれは結婚したらラケルを連れて故郷に帰るだろうな」

「それはそうでしょうね。そのためにはるばるカランまできて、七年も無償で働いたのですから」

「お前はそれでいいのか？」

「だってしかたないでしょう、そういう約束ですもの」

「ヤコブは私たちにとって祝福だった。ヤコブがきてから私たちの家は多くの祝福を得た。私は彼を去らせたくない。いつまでもここにいてもらいたいのだ。分かるか？　息子たちだってまだ幼いから、これから先が大変だ。」

「だからどうしろというの？」

「せめて、息子たちが成人するまで、ヤコブにここにいてほしい。ヤコブが去れば、祝福はなくなってしまうかもしれないじゃないか」

「え？　それで？　……あなた、何を考えているの？」

「つまり……その、レアのことだが……」

「レア？　レアが何か……？」

「だいぶ前のことだが、レアがあまり元気がないので直接彼女に聞いてみた」

「何かいいましたか？」

「うむ。レアはヤコブに惚れているのだ。初めて会ったその日からだといった」

「レアが？　ヤコブに惚れているですって？　えーっ、知らなかったわ」

「それなのに誰も彼女の切ない恋心に気づいてやれなかった。かわいそうに……」

「あの子は自分の目に引け目を持っているのよ。それにおとなしい子ですから……だからといって、いまとなってはどうしようもないでしょう。ヤコブとラケルの結婚式はもうすぐですもの……」

「それなのだ、アデナ。この地の風習では、妹娘が姉娘より先に結婚することはない。だからレアを先に結婚させよう」

「え？　あなた、どういう意味？」

「よく聞いてくれ。花嫁は、当日はヴェールで顔を覆って人々に顔を見せない。だからレアに花嫁衣装を着せれば誰もそれがレアとは気がつかない。天幕の中も、新妻が恥ずかしがらないように暗くしてあるから、ヤコブもまさかレアだとは思うまい」

「そんな……第一、あの気の強いラケルが承知するわけがないでしょう」

「それなのだ。お前の兄にラケルをしばらくあずかってもらうように頼んでくれないか。ヤコブの群れの羊が突然獣に襲われて、式を延ばすことにしたとか……何か理由をつくってくれ」

「しばらくって……いつまで？」

「レアとの結婚の儀が終わるまでだ。つまり七日間……兄にも真実を話して協力してくれるよう頼んでくれ」

「ラケルがヤコブに会いたいといったら？」

「手負いの羊の面倒を見なければならない、とか何とか、何でもいい。いいか、アデナ、うまくやってくれ」

「そんな……朝になればヤコブは当然レアに気づくわ。そして大騒ぎになるわ」

「そして私に抗議するだろう。そのときは、私がうまく話す」

「うまく？」

「レアと七日過ごしたら、ラケルと結婚させる、その代わりもう七年ここで働きなさいと……そうだ。奴隷女を二人与えよう。すでにレアと一夜を過ごした後では彼はそうするしかないだろう。どうだ、私のこの作戦は？」

「それは……私だって彼とラケルがもう七年ここにいてくれればうれしいし、レアも……でも、これはヤコブをだますことよ」

「だます？　ヤコブも父親をだましたのだ……何もいえまい」

ヤコブが目を覚ましたときはすでに朝だった。彼は隣に寝ている新妻を起こさないように気を使いながら、しばらく昨夜の余韻に浸っていた。なんという甘美な夜だったことか……柔らかな女体……その中に彼は七年分の愛情を一挙に注ぎ込んだ。二人は疲れを知らずに、何度も何度も抱擁を繰り返した。そしていつの間にかぐっすり眠ってしまった。

「ラケル……愛してるよ」

彼は、自分の左腕を枕にして眠っている妻をもう一度抱擁しようと、半身を起して右手を彼女の方に伸ばした。そして、彼女の顔の上に乱れている髪の毛を払いながらそっと接吻した。そのとき彼女が目を開け、彼を見つめた。しかし……その両目は焦点が合っていなかった。

（何だ？　この目……）

「ゲッ！　お、お前はラケルじゃない！　お前は、レア？　いつからここにいる……？」

「式からずっと一緒……幸せよ……」と、彼女は彼の首に両腕をまきつけ、ささやくような声でいった。

「式からずっと？……」

（そういえば、あの柔らかな手の感触……ラケルの手はもっと硬い……）

「では、僕が抱いたのはラケルではなくお前だったのか……？」

「ええ、すばらしい夜だったわ。あなたは燃えるように激しく、何度も私を抱いた……」

「……」彼は何もいえなかった。

（燃えるように激しく……か、なんだか分からなくなってきた……）

「そうか……疲れた。もう少し眠ろう」

「はい」

ヤコブは、レアの頭の下から自分の腕を引き出して目を閉じた。そして再び眠りに落ちた。


彼が目を覚ましたのは陽がだいぶ高くなってからだった。レアはいなかった。

（どうしよう。僕はラケルではなく、レアと結婚してしまった。とにかくラバン……伯父のところに行って話をつけよう。なぜ、こんなことになったのか。僕はだまされたのか……？）

ふと、彼は父のことを思い出した。（僕は父さんをだました……）そして兄エサウの激しい泣き声が耳に響いた。（兄さんも……だからここにいるのだ……）


「伯父さん」

「伯父さんではなく、私はお前の父さんだ。どうだったか？昨夜は……？　レアはなかなかいい子だろう？」

「……」（いい子？　あの情熱……的な……確かに、いい子だ）

「伯父……父さん、なぜ僕をだましたのですか？　僕はレアではなく、ラケルと結婚するために七年も父さんのために働いたのです」

「何もラケルと結婚させないとはいっていない。しかし物事には順序がある」

「順序？」

「私たちの間では、姉より先に妹が結婚することはない。まず姉が先だ。だから、私の娘と結婚するなら、レアが先だ」

「なぜあのときそういってくれなかったのですか？」

「あのときそういえば、お前はラケルを連れて逃げだしそうな勢いだった。そんなことといえると思うか？」

「……」

「聞いてくれ、ヤコブ。七年間お前はよく働いてくれた。私は満足している。その礼としては何だが、女奴隷を一人つける。だから、もう七年働いてくれ、お前の妻レアのために。そうしてくれるなら、ラケルのためにもう一人女奴隷をつけよう、それはお前の財産になる、悪い条件ではないだろう」

　有能な奴隷は高い値段で取引され、買主の財産であった。

「女奴隷？　誰と誰ですか？」

「そうだな、レアのためにジルパ、ラケルのためにビルハ……どうだ？　二人ともアブラハムの孫だ。お前たちは知らないだろうが、祖父《じい》さんのアブラハムは、お前の父さんがリベカを連れて家を出た後、寂しかったのだろうな、ケトラという女を後添えにした。その女から子がたくさん生まれたが、全財産はお前の父さんがもらったから、ケトラの子たちは皆貧しくてな、ジルパの親も、ビルハの親も私のところに娘を売りにきた。私は同族なので娘たちにひどい仕打ちをしないだろうと思ったのだろう。お前も知っていると思うが二人ともよく働く気立てのいい娘たちだ。ラケルもレアもこの娘たちと仲がいい。悪くないと思うがどうだ？」

「ジルパとビルハ……ですか？　はあ、よく知っています。それで、その代わり、ラケルと結婚するのにあと七年待つのですか？」

「いや、その約束をしてくれたら、レアとの婚儀が終わるまで待ちなさい。つまり七日だ。七日たったら、ラケルと結婚させる。そしてお前は二人の女奴隷を持つことになる」

「七日……その間は毎晩レアと一緒ですか、ラケルではなく……？」

「もちろんだ。レアはお前の妻だ」

「それはそうですが……」

（兄のエサウも二人の妻と結婚した。僕の妻も二人か……仕方がない、ラケルと結婚するためにそうするほかあるまい、……）


ヤコブはラバンのいうとおり七日間レアと過ごしたが、嫌な気はしなかった。心ではラケルを思いながら、彼の肉体は毎夜レアを求めた。そしてラケルとの婚儀の夜がきた。同じ天幕の中で、同じように儀式が行われ、同じように招待客は飲み食いして喜んだ。式が終わると、新しくつくられた天幕の中で彼らは二人だけになった。


ラケルは泣いていた。

「ラケル……泣かないでくれ。僕の愛しているのはお前だけだ」

「いやよ。姉さんの残り物なんて……私、許せない」

ラケルはヤコブの胸の中で激しく泣きながら、彼を拒んだ。

「お前の父さんが僕をだましたのだ。僕にどうしろというのだ？　なぜ、僕の妻になってくれないのだ？　そのために僕たちは七年待った。結婚式にきてくれた人たちになんというのだ？」

結局ラケルはヤコブを受け入れたが、プライドを傷つけられた痛みのほうが大きく、彼女の情熱はすでに消えていて、激しく燃えることはなかった。

（姉さんとのラヴ・レースで私は勝者のはずだった。それなのに敗者になった……姉さんがヤコブの第一夫人なのだ。そして私は二番目の妻。この屈辱を一生忘れない……忘れるものですか）

7　恋なすび

ラケルは、レアに見せつけるように日中はヤコブを離さなかった。羊飼いの仕事もヤコブと一緒のいまは不安が何もない。妻として誰にもはばかることなくヤコブと一緒にいられるのだ。ヤコブもそんなラケルを愛しいと思った。話すとき、決して目を合わさないレアより、美しいラケルの目を見ながら話すのは、婚約時代と同じように楽しかった。しかし夜になると……

「ラケル、今夜はどうする？」

（そんなこと聞かないでよ。きてちょうだい、なんていえない。きたかったら黙ってくればいいい）

「私……疲れたわ、レアのところに行けば？　一人で寝たいから」

「そうか……」。そういって彼はレアの天幕に行って、寝た。

「ね、ヤコブ、聞いて」

ある夜、夕食の席で隣に座っていたレアがそっとヤコブの耳元でささやいた。

「私、妊娠したみたい……」

「ほんとか?」

「きっと男の子よ」

「おっ、やった!」

彼は父のイサクと母のリベカが、子が生まれるまで二十年も待ったことを知っていたので、妻の妊娠は飛び上がるほどうれしかった。

「そうか、私も父親になるのだ……神に感謝しよう。お前も体を大事にしろ」

ラケルは黙って二人の会話を聞いていた。

(ふん、私だって子を産むわ、そのときはヤコブはもっと喜ぶにきまってる……だって、ヤコブが愛しているのは私だもの……)


やがてレアは男の子を産んだ。

「なんて可愛い……私の長男だ」

彼は子のそばから離れられなかった。レアの豊満な乳房からほとばしる乳を、子はぐいぐいと飲んだ。

「ねえ、私この子の名前を決めたの」

「名前？　もうつけたのか？　なんていう名だ？」

「ルベン。神様、息子です、見てください……て」

「そうか。うん、いい名だ。ルベン、私が父さんだよ。あ、笑った」

「あら、ほんと。この子お父さんが分かるのね」

「分かるさ。父さんだもの……」


ルベンが生まれると間もなく、レアはまた妊娠した。この間、ヤコブは決してラケルを顧みなかったわけではない。それなりにラケルを慰めるため、ラケルとともに夜を過ごした。しかしラケルは妊娠しなかった。サラやリベカと同じように、彼女は不妊の女だった。


レアは二番目の息子を産み、その子をシメオンと名づけた。

「シメオン？　祈りの子、という意味か？」

「そう、あなたがラケルのところに行く夜は、私は、神様に祈っていたの。私にもっと子をくださいって……だからこの子は祈りの子よ」

「そうか……いい子だ」

そして彼女はまた三番目の子を身ごもった。

「こんどもまた男の子よ」

「なぜ分かる？」

「分かるわ、母親ですもの」

「そうか、それでまた名前をつけたのか？」

「ええ、レビ……」

「レビ？　結ぶ？」

「そうよ。これであなたと私はしっかりと結ばれたわ。だからレビ、結ぶ、いいでしょ？」

「そうだな」

悪い気はしなかった。子がたくさん与えられるのは神の祝福のしるしだ。

「神に感謝しよう」

「はい」


これで終わりではなかった。彼女は続けて四番目の子を妊娠した。

「ヤコブ、喜んでちょうだい。神様はまた子供をくださったわ」

「すごい！　神はお前を愛しているのだ」

（なぜ、ラケルには子が与えられないのか……？）

「私、うれしい。とても幸せよ。ねえ、もう名前も考えてあるの」

「もう考えたのか？　それで、何という名だ？」

「ユダ（賛美）、よ」

「ユダ！　賛美だ！　そうだ、神を賛美しよう。神はすばらしい！」

彼は心から四人の息子を与えてくださった神を賛美した。この四人のほかに、彼女は娘ディナも産んでいた。


この四男のユダの子孫から後のイスラエル王国二代目の王ダビデが生まれ、ダビデは、キリストの母となったマリアとその夫ヨセフの祖となった。もっともそれは一八〇〇年も後のことであるが……そのことは、つまり、神のご計画の中ではヤコブの正妻はラケルではなく、愛されなかった妻レアが正妻であったことが分かる。人の思いは、神の思いとは異なるのである。ユダの子孫は後にユダヤ人と呼ばれるが、いまはヤコブ（イスラエル）の子孫すべての総称である。

「ヤコブ、どうして私に子種をくれないの？」と、ラケルは夫を責めた。

「子種？　何をいう、こんなに愛しているのが分からないのか？」

「私だって子供を産みたい。姉さんは四人も男の子を産んでいるのに、私は……なぜ？　あなたのせいよ。あなたは私より姉さんを愛しているのよ。私を愛しているなら、子を産ませてくれるはずだわ。あなたが子供をくれないのなら、私は妻として何の値打があるの？　生きていてもつまらない。私、死ぬわ。そうよ、死んでやる……！」

ラケルは、子供がだだをこねるように激しい口調で彼を責め立て、おいおい泣いた。

「ラケル、聞いてくれ。子をくださるのは神だ。人間の思いではない」

「それなら……」と、彼女は思いつめた顔でいった。

「ヤコブ、私、どうしても子供が欲しいの。姉さんに負けたくない。ね、私の女奴隷のビルハがいるわ。あなた、彼女と寝て子を産ませてちょうだい」

「何？」

「私の奴隷があなたに産んだ子は私の子よ。私がその子の母になって膝の上で育てるわ。だから、もう姉さんのところに行かないで、ビルハと寝てちょうだい」

「そんな……レアが承知すると思うか？」

「姉さんなんかどうでもいい、あなたが姉さんより私を愛しているならその証拠として、私のいうことを聞いてちょうだい。いいでしょう？」

結局彼はラケルのいうようにレアのところには行かなくなり、ビルハのところに入ったので、彼女は身ごもって彼に男の子を産んだ。

（アハハハ、私の勝ちよ。ヤコブが本当に愛しているのは私よ。神様は私と姉さんの間を裁いてくださった……）

「ヤコブ。この子の名を決めたわ」と、ラケルはいった。

「そうか。なんという名だ？」

「ダン……」

「ダン？　裁き？　なぜだ？」

「神様が私と姉さんの間を裁いてくださったから。ねえ、姉さんには男の子が四人もいるのに、私はまだ一人よ。もう一人欲しいわ。ね、私を愛しているなら、もう一度ビルハのところに入ってよ」

「……」

（レアは子育てで忙しく、疲れているからしばらくそっとしておいたほうがよいのだ）

ヤコブは何もいわずにラケルのいうとおりにした。そしてビルハは彼に再び男の子を産んだ。

「何という名だ？　もう決めたのだろう？」と彼はラケルに聞いた。

「ナフタリ……争い、よ。私は姉さんと死に物狂いで争っているの。負けるものですか……」

（やれやれ……ま、子供は宝であり、大きな財産だ。何もいうまい……神に感謝しよう）


「ヤコブ、聞いたわ。ビルハにまた子供が生まれたのですって？」

しばらくヤコブと寝室を共にしていなかったレアは嫉妬しながらいった。

「レア、すまない。お前の子供たちがまだ小さいので、きっと忙しくて、疲れているのだろうと思っていたから……」

（確かに彼のいうとおりだわ。でも、しばらく休めばまた産めるようになる。でもその間にラケルに子供ができるかもしれない。そうだ私も……）

「優しいのね、それなら……ねえ、あなたがラケルの女奴隷のところに入ったのなら、私の女奴隷のジルパがいるわ。ジルパはまだ処女よ。きっとあなたに子供を産むことができるわ。彼女のところに入って、私にまた子供をくださらない？　男の子が生まれたらすばらしいわ」

思いがけないレアの誘いをヤコブは断れなかった。そしてジルパは彼に、続けて二人の息子を産んだ。レアはこの息子たちにそれぞれ「幸運がきた」という意味のガド、そして「私は幸せ者だ」という意味のアシェルと名づけた。


「母さん、僕こんなもの見つけたよ」

ある日、表で遊んでいたレアの長男のルベンが、大きな緑色の葉の野草を持ってレアの天幕の中に入ってきた。ちょうど麦刈りの季節で男たちは皆忙しく働いていたが、幼子を抱えた妻たちは天幕の中で子育て談義で忙しかった。ラケルは、ダンとナフタリを連れて、姉に生まれたガドとアシェルのそばで遊ばせていた。

「何？　ちょっと、大きな声を出さないで、アシェルが寝たばかりよ」

「うん、分かった。ねえ母さん、これ見て、この赤い実……きれいでしょう、ほら、花もまだ咲いているよ。クリーム色の花と、大きな赤い実と、緑の葉っぱ、あまりきれいなので母さんにあげようと思って取ってきたんだ。この実、食べられる？」

「あら、ほんと……きれいね。どうもありがとう、ルベン。これなんていう草かしら……？　あまり見ないわね。ラケル、あなたこの草なんだか知ってる？」

「え？　見せて……姉さん、これ……恋なすびじゃないかしら？」

「恋なすび?」

「私も見るのは初めてだからはっきりとは分からないけど、このクリーム色の花と、大きな真っ赤な実、それに、実を隠すような大きな緑の葉っぱ。きっとそうよ。恋なすびよ」

「恋なすびって……毒草じゃない?」

「ええ、たくさん食べると毒だそうだけど……聞いた話では、この実を食べると子供が生まれるそうよ。そう、確かにこれだわ。姉さん、この草私にちょうだい、お願い」

(お願い? 気の強いラケルが頭を下げてる……)

「お願いって、あなたにはダンとナフタリがいるじゃないの」

「私も、自分でおなかを痛めた子が欲しいの。これを食べればきっと私も子供を産めるわ。お願いだから私にくださらない?」

「勝手なことをいってるわ、私から夫を取っておいて。今夜もヤコブはあなたのところで寝るっていってるのよ」

「じゃあ、こうしましょう。その恋なすびを私にくださるなら、今夜はあなたがヤコブと寝れば?」

「え? それ本気? それなら……その草を持って帰ればいい……私はそんなもの食べなくても子供を産めるから……」

レアは、四男のユダが生まれてから久しぶりに、恋なすびと引き換えにヤコブと夜を過ごした。

そして彼女は身ごもり、五番目の息子を産んだ。

「ヤコブ、うれしいわ。今度も男の子よ」

「お前のことだ、もう名前を考えているのだろう？」

「ええ、イッサカル（報酬）……」

「え？　イッサカル？　神が報酬をくださった？」

「そう、私があなたにジルパをあげたから、神様は私に報いてくださったのよ」

その後、レアはまた身ごもり、六番目の息子が生まれた。彼女はその子を「神からのプレゼント」という意味で、ゼブルンと呼んだ。

そして、あの恋なすびが効いたのであろうか。たぶん、女性ホルモンの促進剤であろう。

ラケルに待望の息子が生まれた。

「ヤコブ、神様はとうとう私に子供をくださった！　不妊女《うまずめ》なんてもういわせない。神様は私の恥を取り去ってくださったから、この子をヨセフ（取り去る）という名にするわ。その名には、加えるという意味もあるから、きっと神様はもう一人くださる、そう思わない？」

「うん、いい名だ。お前が産んでくれた子だ。目がお前に似ていて、なかなかの美男だ。可愛い」


あの井戸のほとりで、ヤコブがひと目惚れした女性ラケル。彼女と結婚するため十四年もただ働きをさせられたそのラケルから生まれたヨセフ。彼にとってヨセフは他のどの子供より可愛かった。


ここでヤコブの十一人の息子を整理しておこう。

まず、レアから生まれた息子は、ルベン、シメオン、レビ、ユダ、イッサカル、ゼブルンの六人。そして娘のディナ。

ラケルの女奴隷ビルハの子は、ダンとナフタリ。

レアの女奴隷ジルパの子は、ガドとアシェル。

ラケルの子はヨセフ。

以上の十一人は（女子は数に入らない）、ラバンとの二番目の約束の七年間に全部が生まれたのではなく、たぶん次章の六年と合わせて、十三年の間に生まれたと思われる。そして十一番目の子ヨセフは、年寄り子といわれているから、ヤコブの六十歳ごろの子ではないだろうか。後にラケルはもう一人ベンジャミンという子を産むが、難産のため彼女は息を引き取ることになる。そしてこの十二人によってイスラエル民族の歴史が綴られていくのである。

8　テラピム

そして約束の七年が過ぎた。

（父さんは、きっと私のことを許してくれるだろう。母さんに僕の家族を見せたい）

ヤコブは切ないほど望郷の思いに駆られて、ラバンのところに行った。

「お父さん、約束ですから私は故郷に帰りたいのですが……」

「帰る？　四人の妻と子供たちをどうするのだ？」

「どうするって……妻と子供たちは私の家族ですから、もちろん連れて帰りますよ」

「お前の家族？　しかしその大家族をどうやって養うのだ？　ここにいれば食べるものも住む天幕にも不自由しない」

「養う……？　私が世話をしていた羊の群れを連れて帰りますよ。私がきてから大いに増えましたからね。あれは皆私のものでしょう」

「何をいうか。お前のものなど一匹もない。その条件でお前は娘たちと結婚したのだ。忘れるな」

「お父さん……私の群れは何もないのですか?」

「はっきりいうが、妻と子供たち以外、おまえのものは何もない。そういう契約だ。もし帰りたいのなら家族を置いてお前一人で帰れ。ここにきたときは一人だったのだから、一人で帰るのが当然だろう。お前の妻は私の娘。子供は私の孫だ」

「そんな……ひどいじゃありませんか……私をだましたのですか……?」

　彼は思わず声を荒げた。

(これで二度目だ。それが、親をだました報いか……)

「大きな声を出すな。ちゃんと話をしよう。私は、お前が一生私たちと一緒にいると思っていたのだ。しかし、帰るなとはいわない。そんなに帰りたいのなら、どうだ、もう一度契約をしよう。私の息子たちが成人するまで、後六年ここで働いてくれ」

「六年?」

「うむ。六年たてば上の息子は二十歳だ。お前がいなくても十分に奴隷たちの指揮がとれる。それまで待ってくれ。しかし今度はきちんと報酬を払う。何か望みはあるか?」

「お父さん……分かりました。それではこうしましょう。その六年の間に、ぶちやまだらや縞《しま》の毛の羊や山羊が生まれたら、それを私にください。白と黒はお父さんのものです。それなら、ひと目見れば誰のものかはっきり分かるでしょう」

「なるほど。いいか？　ぶちか、まだらか、しま毛だけだぞ……？」

（ふん、ぶち毛やまだら毛やしま毛の羊や山羊が生まれる率は非常に少ない。欲のないやつだ）

「はい。そうしましょう」

（主よ。あなたは、必ず私と共にいて私を祝福し、故郷に連れ戻すと約束してくださいました。そしていまのようにたくさんの家族を与えてくださいました。それならその家族を養うに足る、十分な財産をもください……）

当時の財産とは、不動産は主として土地だが、土地は至るところにふんだんにあるから、現今のように登記する必要もない。そこに天幕を張り、家畜を飼ったり、小麦などの穀類を植えたりする者の所有となる。そして動産は主として金銀と家畜、そのほかに奴隷、穀物、それに皮革と毛皮類や織物だった。これらをもの々交換して財産を計上したが、羊一匹は銀五・五グラムに換算された。その所有高によって貧富の差が生じる。つまりヤコブは、ラバンの言葉によれば、家族があっても無一文だったわけである。彼と妻たちの労働によって生み出されたものはすべてラバンのものであった。

ヤコブと話し合った後、その日のうちにラバンは息子たちに命じて、ぶち毛やまだら毛、しま毛の羊や山羊を集めて、三日ほどの道程の地に連れて行かせた。そしてヤコブには残りの羊たちを任せた。

（そうか、ぶちやまだらを産ませない作戦か。しかし私には神がおられる……）

翌日、彼は家畜の水飲み場に行くと、ポプラ、アーモンド、すずかけなどの、濃い木肌色の枝を伐って集めた。その木肌をナイフで剥いて白い部分を表し、ぶちやまだらや、縞模様を作った。そして群れが水を飲みにきたときその枝を水船の中に差し向かいに置いた。家畜は、水飲み場で交尾する。つまり、彼らはぶちや、まだらや、縞模様の枝を見ながら交尾し、妊娠することになる。そして白や黒の親から生まれても、子はぶち毛、まだら毛、しま毛だった。

これを胎教という。親はどのような環境で妊娠するかが、胎児に影響することを知らなければならない。ヤコブは、長い経験からそのことを知って、自分のものとなる家畜にそれを応用した。しかし、強い家畜が交尾をするときだけ、その枝を置き、弱い家畜のときは置かなかった。このようにして彼は、強い家畜を多く所有することになり、群れはどんどん増えていったが、弱い、繁殖力のないものはラバンの所有となり増えることはなかった。

六年の間に彼の財産は家畜だけでなく、男女の奴隷、ラクダ、ロバなどを多く所有する富める者となった。彼の十一番めの息子ヨセフが生まれたのは、たぶんこの六年の終わりごろではないだろうか。土地の人々は彼を尊敬し、畏れた。そしてそれと反比例にラバンの彼に対する態度は冷たくなり、あるときは意地悪ささえ示した。ラバンの息子たちも、彼から離れて行った。

あるときヤコブは、ラバンの息子のベオルとアレブが話していることを耳にした。反抗期真っ盛りの彼らの言葉は棘ばかりで、憎しみに満ちていた。

「兄さん、ヤコブってずるいやつだよね。ここにきたときは一文無しの乞食同様だったそうじゃないか。それなのにさ、いまはどうだ、金持ちぶって、偉そうな顔をしてさ……」

「全くだ。姉さんたちを取ったばかりか、おれたちのものになるはずの羊や山羊まで父さんから盗んだ。あいつは泥棒だ。面白くない……」

「なんでも、家に帰りたいっていってるそうだよ。一文無しできたのだから、一文無しで帰るのが当然だろ。早く帰れ。何一つ渡すものか、なあ、兄さん」

「そうだ、そうだ、何も持たずに早くここから出て行け。顔も見たくない……」

（困ったことになった……あの様子では、もし私が帰るといえば全部私から取り上げ、私を追い出すだろう。主よ、私はどうしたらよいのでしょうか……）

ヤコブは真剣に神に祈った。そして主は答えられた。

「わたしはベテルの神、あなたはそこで、石の柱に油を注いでわたしに誓願をした。また、いままでラバンがあなたにしたことをみな、私は見た。さあ、立って、この土地を出て、あなたが生まれた国に帰りなさい。わたしはあなたと共にいる」


ヤコブは百倍の勇気を得た。

「そうだ、帰ろう。父さんと母さんのところへ……ぐずぐずしないほうがいい」

そう決心すると、彼はレアとラケルに使いをやり、子供たちと一緒に自分が群れを飼っている地に急いでくるようにいった。

「突然のことだが、私は故郷に帰ることにした」

「え？　帰る？　いつ？」

「これからだ。主が私に、立って、生まれた国に帰りなさい、といわれた。だから、お前たちの父さんのところには帰らないで、ここから出発しようと思う。ここにいる家畜たちは全部私のものだから。分かるだろう、お父さんは以前のお父さんではない……」

「そうね。私たちに対しても冷たいわ」

「それに、だ、ベオルとアレブが話していたのを聞いてしまった。あの若者たちは、もし私が帰るなら、何一つ持たさないといっていた。私がここで得たものは、お前たちを含めてみな、父さんのものだと……私のことを泥棒呼ばわりをしていたのだ。もし私がお父さんのところに行って、帰りますというなら、お前たちを私から離して、弟たちは力づくで私を追い出すだろう」

「……」

「私は、二十年の長い間ここでお父さんのために一生懸命働いた。お陰で家族も財産もできた。その恩は決して忘れない。だから、お父さんや弟たちと争いを起こしたくないのだ。お父さんには何もいわずに出て行こうと思う。それでもいいか?」

「そうね、そのほうがいいかもしれない……お父さんはあなたの労働と引き換えに私たちを売ったのよ。だから私たちはまるでよそ者よ」

「行きましょう。お父さんは弟たちを連れて、羊の毛を刈りにパダンアラムの方に行ったから、当分帰ってこないわ。チャンスよ」

「行きましょう。あなたのお母さん、リベカ叔母さんにも会いたいわ」

彼らはラクダやロバに積めるだけの荷物を積み、子供たちと奴隷たち、そして羊や山羊の群れを連れて出発した。ラバンの家の者たちは、羊の毛の刈り込みのためことごとく出払っていたので、誰もヤコブたちが出て行ったことを知らなかった。ラケルは、父の天幕の中から、父が大事にしていたテラピム神の像を盗んだ。

「これはお父さんが毎日拝んでいる神様だわ。私たちのことを怒って、悪いことを祈るといけないから持って行こう。そしたらもう祈れないでしょう。こんな神様でも持っていれば何かいいことがあるかもしれない」

そういって彼女は荷物の中にその神像をそっと隠した。

父の背中を見て育ったラケルの心には、偶像神に対する恐れ（信仰）があったと思われる。それがレアとの違いだった。子供の命名にそれがはっきりと表れている。レアの子供たちの名前は天の神に対する感謝、祈り、賛美などが現れているのに引き換え、ラケルのそれは彼女の勝気な性格そのものである。そしてこの二人（正確には四人）の妻たちによる、ヤコブ（後のイスラエル）の子孫によって形成されるイスラエル国家とその分裂・滅亡の歴史は、レアとラケルのＤＮＡの影響によるところが大きいのではないだろうか。

ラバンのもとにヤコブたちの逃亡の知らせが届いたのはそれから三日後だった。彼はただちに自分の天幕に引き返し、翌日一族郎党を率いてヤコブの後を追った。そして七日目に、宿営しているヤコブたちの天幕を見つけた。そこはヨルダン川上流の東部にある、ギレアデの山地だった。時はすでに夕暮れになっていたので、ラバンはひとまず自分たちも天幕を張り、宿営することにした。その夜、ラバンは次の日のことを考えて眠れなかった。

（あいつを打ちのめしてやる。やつが持ち出したものを全部取り上げてやる。娘たち、孫たち、奴隷も、牛も羊も山羊も、全部だ。絶対に渡すものか。それでも行くというなら、一人できたのだから一人で帰ればよい。自分の生まれた家だものな。勝手に帰れ……）

そのうちに疲れが出て、彼はトロトロとした。そして声が聞こえた……

「ラバンよ、ヤコブと口論したり、争ったりしてはならない……」

はっと彼は目を覚ました。

（誰だ……？　あの声は……？　確かに聞こえた。もしかすると、ヤコブのいう天の神、主か……？　主と呼ばれる方が私に、ヤコブと争うなといわれたのか……？）

彼は床に座って上を見あげ、彼の知らない神に呼びかけた。その心に恐れがあった。

「主よ。神よ、あなたですか？　先ほどの声は……？　ヤコブは私に黙って、娘たちを連れて出て行ってしまったのです。それでも何もいうなといわれるのですか？　彼が出て行くのを見過ごせと……？」

彼の心の中に何者かがささやく声が聞こえた。彼の良心の声だった。

（確かに、私は彼と契約を結んだ……レアのために七年、ラケルのために七年、群れのために六年……。そうだ……私には彼を引き止める権利はないのだ……）

「分かりました、主よ。そうします……」

彼は自分の中に激しく燃えていた怒りが鎮まるのが分かった。


翌朝ラバンは一人でヤコブの天幕に行った。

「ヤコブ、私だ」と、彼は冷静な落ち着いた態度で声をかけ、中に入った。

「お、お父さん……いつ、こられたのですか？　お一人ですか？」

「息子たちも皆一緒だ。しかしいま私は一人でここにきた。ヤコブ……分かるだろう、私に挨拶もしないで、まるで、娘たちを捕りこのように引っ張って出て行くのはまずかったな。そう思わないか？」

「すみませんでした……もしこのことをお話しすれば、私が、あなたの娘たちを連れて出るのを許してくださらないと思ったのです」

（当たり前だ、許すものか……と、いいたいところだが……）

「ヤコブ、思い違いをするな。そうと知れば、私は、娘や孫たちのために盛大な別れの宴を開いて、皆でタンバリンや竪琴で歌を歌ってお前たちを送り出しただろう（そんなことをすると思うか？……。）分かるか？　お前は全くばかなことをしたものだ。私の娘たちや孫たちに別れのキスさえさせてくれなかった」

「すみません……」

「実はな、ヤコブ、私は昨日ここにくるまでは、娘たちをお前から奪い返し、お前をコテンパンにやっつけるつもりだった。ところが昨夜、おまえの神が私に、ヤコブと争うな、といわれた……」

「え？　私の神が……？」

「それまで、私は神の声を直接聞いたことはなかった。ただ、お前を見ていると、神は本当におられるのだという気がしていた。確かに、昨夜の声はその神の御声だった。それで、お前たちを行かせることにしたのだ。お前の神と争う気はないからな。お前の神は私の家族も祝福してくれた」

「はい……」

「しかしヤコブ、一つだけ許せないことがある。なぜ、お前は私の神を盗んだのだ？」

「はあ？　盗んだ？　お父さんの神様をですか……？　盗みませんよ（そんなもの……）」

「いや、確かに盗んだ。私が毎日拝んでいるテラピム様のお像がないのだ。お前にとってお前の神様が大事なように、私には私の神様が必要なのだ、返せ」

「お父さん、言いがかりはやめてください。私がそんなことをするとお思いですか？　どうぞ、お気のすむように私たちの天幕の中をお調べください。もし、ありましたら、私はその者を生かしてはおきませんから……」

ヤコブは、まさかラケルが盗んだとは夢にも思っていなかった。

「よし、そうさせてもらう。見つかってから慌てるな。そのときは覚悟はいいな？」

ラバンの思惑は、盗んだことを理由にヤコブを行かせず、娘たちを取り戻すつもりだった。それでラバンは、ヤコブの天幕を念入りに探したが、見つからなかった。

「ありましたか？」

「いや、ここにはなくても、きっとどこかにある（はずだ）……」

そして彼はレアの天幕に入って行った。

「あ、お父さん……ご免なさい、黙って出たりして……怒らないでね？」

「怒ってない。しかし私の神を盗んだ者がいるので探しているのだ。知らないか、お前？」

「お父さんの神様を盗んだのですって？　どうぞ探してちょうだい。盗んでなんかいないわ」

レアはハッとした。

(もしかしたらラケル?……彼女、私たちが出る前に、お父さんの天幕の中に入って行ったわ。いけない、ラケルに知らせなくちゃ……)

「お父さん、見つかった? ないでしょ? 隣の天幕がジルパで、その次がビルハよ。順々に探したら?」

「うん……」

レアは、ラバンがジルパの天幕の中に入って探している間に、急いでラケルのところに行った。

「ラケル、大変よ。お父さんがきたわよ」

「お父さん? 私たちを連れ戻しに?」

「ううん、それはないみたいよ。でもね。テラピムの像を誰かが盗んだといって、一人ひとりの天幕を探しているの。もうじきここにくるわよ。あなた大丈夫? あなたじゃない? もし見つかったら、私たちきっと連れ戻されるわよ」

「え? ほんと? どうしよう……」

「やっぱりあなたね。早く隠しなさいよ。お父さんに見つかったら大変よ。ヤコブは、もし盗んだ者がいたら、その者を生かしておかない、だって……」

「分かった、ありがとう、教えてくれて……」

レアが天幕を出て行くと、ラケルはテラピムを持って外に出た。そしてラクダの鞍の下にテラピムを隠すとその上に座り、ビルハの天幕から出てきたラバンを見て声をかけた。

「お父さん、私ここにいるわ」

「何だ、お前。ここにきなさい」

「だめよ。ごめんなさい、お父さん、私いま生理中なの。だから近寄らないで。私が天幕の中にいると、お父さんが中に入れないから、ここにいるのよ。何かを探しているのですって？　どうぞ中に入って自由に何でも探してちょうだい。あったら持って行っていいわ」

「うむ。テラピム様の像だ。お前たちが出て行った後なくなった。お前、知らないか？」

「テラピム様の？　そんな大事なものを、どうして留守の間しまっておかなかったの？お父さんが悪いわ、出しっぱなしにしたんでしょ？」

「うむ。とにかくお前の天幕の中も一応探す」

その当時の決まりで、生理中の女性は汚れている者とされ、人と接触することが許されなかった。それで父と一緒に天幕の中に入らないという理由が正当化されたのである。

「お父さん、ありましたか?」

ヤコブは、ラケルの天幕から出てきたラバンに声をかけた。

「いや、……なかった」

「では、私の天幕にきてください。ちゃんと話をつけましょう」

ヤコブにしてみれば、このテラピムの件は自分たちを帰すまいとするラバンのいいがかりであって、そのために濡れ衣を着せられたのだという思いが強かった。彼はラバンを自分の天幕の中に招じ入れると、自分でも驚くほどの、強い口調で話し出した。

「お父さん、まあ、お座りください。いわせていただきますが、この二十年間私がどんな思いであなたに仕えたかお分かりですか?」

「二十年か……あっという間だったな……」

「私には長い二十年でした……あなたは、七年仕えればラケルと結婚させてやるとおっしゃいましたので、私は七年間無報酬で働きました。それなのに結婚したのはレアであって、ラケルではありませんでした。あなたは私をだましたのです。そして、ラケルが欲しければもう七年ただで働けとおっしゃいました。それで私は何もいわずに十四年働きました。

その間あなたにはベオルとアルブらの息子が生まれ、羊や山羊は増えましたが、私はただの一匹も頂きませんでした。それで帰していただけるかと思いましたら、お前の分は何もない、帰るなら無一文で帰れと……報酬が欲しいなら、あと六年働けとおっしゃいました。私はまただまされました。その間に、まだらや、ぶちや、しまの毛色の羊や山羊が生まれたらそれを私のものにしてよいというお約束でした。

私の神、主は私を憐れみ、私の財産を増し加えてくださいました。六年がたちましたが、あなたは私を帰そうとなさらなかったので、私は妻たちと話し合って、お父さんには悪いと思いましたが、黙って帰ることにしました。そういう約束なのですから……。そうしましたら、今度はテラピムを盗んだという濡れ衣ですか？　どこまでも私を帰さないおつもりですか？　いったい、いつになったら私を帰してくださるのですか？」

「……ヤコブ、私も親だ……娘や孫たちを私の手元に置いておきたい……」

「では、あなたと結んだ契約はどうなるのですか？　親だから破ってもいいのですか？　しかも濡れ衣まで着せられたのですよ」

「テラピムの件は私の思い違いだった……きっと私の留守の間に誰かが持って行ったのだろう」

「では、帰していただけるのですね？」

「うむ……」（仕方がなかろう……）

「では、二度とあなたと私の間で諍《いさか》いが起きないよう、あれは私の娘だ、孫だ、私の羊だ、などといって私たちの後を追わないと約束してください。今日ここで契約を結びましょう、よろしいですね？」

「うむ……」

ラバンは、ヤコブの強い口調に対して、驚くほど静かだった。

（いつものラバンらしくない……きっと主がご介入してくださったのだ）

「お父さん、あなたは昨晩神様のお声を聞いたと、おっしゃいました。私の神は私の悩みと、働きを見ておられたのです。お互いに平和にお別れしましょう」


二人は天幕の外に出ると、契約のしるしの石を立てた。それから召使いたちに命じて石を集めさせ、そこに石塚を築いた。

「この石の柱と、石塚は私たちの証拠だ」と、ラバンがいった。

「お前が、娘たちをひどい目にあわせたり、ほかの女を妻にめとったりしないという約束の証拠だ」

「分かりました。そしてお父さんも、私の妻を取り戻しにこないという証拠にしましょう。お互いに、敵意を持ってこの石塚を越えて行かないという境界線としましょう。もし背くようなときは天の神が裁いてくださるでしょう」

「よろしい」（私の神テラピムがなくなった。ヤコブのいうとおりにしよう）

そしてラバンはいった。

「アブラハムの神、イサクの神、そしてお前の神が私たちの間を裁いてくれるように……」

「そうです、お父さん」

ラバンのこの言葉を聞いたヤコブは心から神に感謝し、そのしるしとして、一族と共に山に行って彼の神、主に感謝の生け贄を捧げた。その日ラバンとヤコブの一族はその山で食事を共にし、共に夜を過ごした。そして翌朝、ラバンは娘や孫たちに口づけをして祝福し、パダン・アラムのカランに帰って行った。

9　マハナイム（二つの陣営）

（やっとギレアデに着いた。そしてヨルダン川を渡ればカナンだ……待てよ、カナンに入る前に兄さんのエサウに私が帰ってきたことを知らせなければ……兄さんはまだ私のことを怒っているだろうな、どうしよう……）

ヤコブは兄のことを考えると眠れなかった。

「主よ」と、彼は神に呼びかけた。

「主よ、兄はいまも私を許さないでしょうか。私を殺して、私の家族や財産を奪うでしょうか……」

そのとき彼は、かつてベテルで神が出会ってくださったときのことを思い出した。

（私はあなたがどこに行くにもあなたと共にいて、あなたを守る。そしてあなたをこの地に連れ戻す。あなたに約束したことを成し遂げるまで、決してあなたを捨てない……）

彼はあのときの感動と、感謝を思い浮かべた。それはまるで天使が彼に語りかけているようだった。

「主よ。感謝します。ここにあなたはおられます。ここはあなたの陣営なのですね」

彼の心から不安は消えた。

（父さんや母さんは達者だろうか……兄さんはまだ怒っているだろうか……？）

彼は、兄エサウがそこからずっと南のセイルにいることを知り、使いをやって、二十年の間に家族や財産が与えられたこと、そして故郷に帰るためにいまギレアデまできていることを知らせた。父に会う前に、まず、兄と和解しておくことが必要であると思ったからである。父の前で兄と争いたくなかった。

（兄さんは返事をくれるかな……？）

戻ってきた使いはこういった。

「旦那様、エサウ様はご自分で旦那様に会いにこられるそうですよ」

「何？　ここまでくるといったのか？　独りでくるといったか？」

「いえ、旦那様にたくさんの家族や財産がおありになると分かって、ご自分もお身内の方々や、召使いたち四百人連れてこられると……」

「何？　四百人だと？　なぜだ？」

（四百人とは……？　仲直りのしるしにしてはあまりに多すぎる人数だ。もしかしたら私たちを撃ちにくるのではないだろうか、私を殺して、妻や子供たちや家畜を奪うつもりだろうか……？）

彼は万が一の場合を恐れて、家族、奴隷たち、家畜の群れを二つの陣営に分けた。

（エサウがきて一つの陣営を撃っても、残りの陣営は逃れる……）

その夜は眠れなかった。彼は主に訴えた。

「主よ。祖父アブラハムの神、父イサクの神よ。あなたは私に、生まれ故郷に帰れ、わたしはあなたを幸せにする、と約束してくださいました。私はあなたがくださった数々の恵みと祝福を受ける資格などありません。しかし私が二十年前にヨルダン川を渡ったとき、持っていたものは一本の杖だけでした。それがいまは二つの陣営を持つまでになりました。今日までのご愛を感謝します。

主よ。いま私は故郷に帰ろうとしていますが、兄エサウが四百人の召使いを引き連れてこちらに向かっています。どうぞ私を彼の手から救ってください。彼が私や家族を撃つのではないかと恐れています。あなたは、私の子孫を海の砂のように数え切れないほど多くする、とおっしゃいました……」

翌朝目が覚めると、一つの知恵が浮かんだ。

（そうだ、兄の心を和らげるために贈り物としての群れを用意しよう）

彼は自分の家畜の中から三つの群れを選んだ。第一の群れは雌山羊二百匹と雄山羊二十匹、第二の群れは雌羊二百匹と雄羊二十匹、第三の群れは母ラクダ三十頭とその子供、雌牛四十頭と雄牛十頭、それに雌ロバ二十頭と雄ロバ十頭。

すべて合わせると五百五十匹・頭以上になる。それほど彼の財産は増えていた。

彼は、第一の群れを連れた召使いを先頭に行かせ、間をおいて第二の群れと召使いたち、そしてまた間をおいて第三の群れと召使いたちとを、自分と家族の前に行かせた。

そして彼らにこういった。

「途中で、私の兄エサウに出会って、お前たちはどこに行くのか、この群れは誰のものか、と聞かれたらこういいなさい。

これはあなた様のしもべヤコブのものです。そしてご主人エサウ様への贈り物です。彼は私たちの後からまいります、と、な」

第二、第三の群れを連れた者たちにも皆同じようにいわせた。ヤコブは兄エサウと出会う前に、贈り物によって兄の心をなだめようとしたのである。

（こうしておけば、兄は快く私に会ってくれるだろう）と彼は思った。

このように第一、第二、第三の群れが南に向かい間をおいて出発すると、その後からヤコブの陣営が続いた。

（北上してくる兄の一行とどこで出会うか分からない。とにかく南に向かって旅を続けよう）

彼らがヤボク川の渡し場に着いたときは午後の陽が沈みかけていた。

「旦那様、川ですがどうしましょうか。ここで宿営いたしますか？」

「うむ。陽が暮れるとこのあたりは危険だ。向こう側で宿営しよう。夜になる前に全員渡ろう。急げ」

「はい」

群れと、妻たちと子供たちが全員渡り終えたころはすでに真っ暗になっていた。

「あなた、早く……」

「うむ。お前たちはここで今夜は休みなさい」

「あなたは？」

「私は一人向こう側に残る。もし兄が夜中に追いついて、お前たちと出会っても私がいなければお前たちは安全だ。しかし私がいれば争いが起きるかもしれない。夜中にそんなことが起きれば休むどころではない」

そういってヤコブは家族たちが渡った後、渡し場に一人で残ったが眠れなかった。彼が差し向けた贈り物で、果たして兄エサウの心は和むのだろうか……

（自分は、長子の権も、祝福も兄から奪った。兄がそれを許すはずがない。兄は私を殺すかもしれない。妻や子、財産はすべて奪われるかもしれない。兄と会うのが怖い……主よ……）

ふとそのとき、暗闇の中に誰かがそばにいるのに気づいた。

「誰だっ、お前は、エサウの手下か？」

「……」。相手は何もいわない。

「誰だっ、名をいえといってるんだっ」

「……」

恐怖に駆られた彼は、いきなり得体のしれないその者に飛びかかった。力づくで組み伏せてその正体を知ろうとした。二十年の重労働で鍛えた体力には自信があった。しかしその相手も強かった。組んでも、蹴っても、投げつけても、押さえつけても、相手は跳ね返してきて、勝敗はいつまでもつかなかった。

「くそっ、負けるもんか」と思ったが、息がだんだん荒くなってきた。しかし相手は疲れた様子もない。そのうちに東の空が明るみ始めた。彼はもうへとへとだった。そのとき相手の手が彼の腰骨に触れた。そして激痛が走った。

「ううっ……」と彼は呻いた。しかし彼は相手を離さなかった。そのときその相手が穏やかな、しかも厳かな口調で彼にいった。

「手を離しなさい。夜が明ける。私は天に戻らなければならない」

その言葉に彼はハッとした。

「天に……？　あなたは……まさか……」（主ですか？　私は主と格闘したのか……？　この痛みは何だ……？）

「私から手を離しなさい」

「あ、はい……ああ主よ……主ですね？　もし主なら、いま私を祝福してください……私は兄エサウと会うのが恐ろしいのです。お願いします。私を祝福してくださるまでこの手を離しません……」

「あなたの名は何か」

「ヤコブです（人を押しのける者……？　そうだ、私は兄を押しのけて長子の権を奪い、父をだまして兄の祝福を奪った）主よ、いま、私はその報いを受けようとしているのですか？」

「ヤコブ……いままであなたは兄を押しのけ、父を押しのけ、ラバンを押しのけて自分の欲するものを自分の力で手に入れた。しかしこれからはそれができなくなる。私はあなたの腰の骨を打った」

「え？　腰の骨を……？　この痛みはそれですか？　もう歩けないのですか？　それが私の受けるべき罪の報いですか？」

「いや、兄に会う前に、お前の自我が砕かれなければならない。お前は強すぎた。これからは弱くなりなさい。人との争いを避けるために……その痛みが治まるまでしばらくかかる。痛みがなくなっても、いままでのように元気に歩くことはできない。お前はもはや前のようなヤコブではない」

「ヤコブではない……？」

（では誰だ？　人を押しのける罪人ではないのか？　私は誰だ？）

「名前を変えなさい」

「名前を……？　何と……？」

「もはやあなたは人を押しのける者ではない。イスラエル……神と格闘した者、神の王子、だ」

「イスラエル……それが私の名ですか？　それでは、私の罪は許されたのですか？　ああ主よ。感謝します。それではどうぞあなたのお名前をお聞かせください」

「なぜ私の名を聞くか。私は主である。あなたを祝福する者である」

主は彼を祝福され、彼の前から消えた。ヤコブは夢見るようにその場に立ち尽くした。

（私は、ヤコブではないのか……イスラエル……神と格闘した者。この目でその方のお顔を見たのだ……もはや私はいままでのように人と争うことはできない。私は弱くなった……）

彼はその場所をペヌエル（神の顔）と呼んだ。夜はすでに明けていた。彼は妻子の待つ向こう岸に渡ろうと、立ち上がって歩こうとしたが、

「いてて……」と顔をしかめた。腰の痛みのゆえに満足に歩けなかった。そのときから彼は一生片足を引く身になった。

（私は身体障害者になるのか。もはやいままでのように自分の力では生きられないのか。それなら、イスラエル……神と格闘した者として生きよう、古いヤコブは死んだのだ……）

痛みをこらえながら向こう岸に着くと、待っていた召使いが彼にいった。

「旦那様。エサウ様のご一行が近づいておられます。間もなくここにこられるでしょう」

「そうか……」

（腰がひどく痛む。もはや彼と争うことはできない。どうしようか……）

「旦那様、どうかなさいましたか？」

「うむ。昨夜向こう岸で腰を痛めた。すまないが肩を貸してくれ」

「は？　はい、大丈夫ですか？」

彼は子供たちとその母親とをそれぞれの組に分けた。そしてジルパとその子たち、ビルハとその子たちを前に、そしてレアとその子たちを次に置き、最後にラケルとヨセフを置いて、自分は奴隷の肩に寄りかかりながら、彼らの先頭に立ってゆっくりと進んだ。そして、その時がきた。目の前にエサウが立っていた。

「兄さん、ヤコブです」それだけいうのがやっとだった。彼は地にひれ伏して、何度も何度もお辞儀をした。（兄さん、許してください……いてて……）

「ヤコブか……」

（私は彼を打ちのめそうとしてきたのだが、彼は私を見るなり地にひれ伏した。昔のヤコブではない。彼のこんなに謙虚な姿を見るとは思わなかった……）

彼の脳裏に、かつて一杯のスープで長子の権を奪ったときの、ヤコブの勝ち誇ったような笑い顔が浮かんだ。（何が彼を変えたのだろう……？）

エサウは彼を立ち上がらせ、その肩を抱いて口づけした。

「兄さん……」

「ヤコブ……」

そして二人は抱き合って泣いた。それからヤコブは妻と子供たちを一人ずつ紹介した。

その後で、エサウはヤコブに聞いた。

「ヤコブ、お前と会う前に、途中で三つの群れと出会った。そして、これはあなたのしもべヤコブから、あなた様への贈り物です、というのだ。どういう意味だ?」

「兄さん、私は兄さんにひどいことをしました。ですから心から謝りたいのです。あの三つの群れは全部、私からのお詫びのしるしです。どうぞ受け取ってください。そして私を許してください」

「そうか、しかし私も十分持っている。そしてもうお前を許した。あの群れは皆おまえのものだからお前が持っていなさい」

「いいえ、兄さん、私を許してくださった兄さんはまるで神様のようです。私はどうしても受け取っていただきたいのです。あるいは久しぶりでお会いしたこの喜びの、感謝のしるしとしてください。それならいいでしょう?」

「感謝のしるしか……なるほど。それなら受け取ろうか。しかしあんなに私にくれて、お前は大丈夫なのか?」

（兄さんがこんなに私に優しくしてくれるとは……主の祝福だ……）

「兄さん、私もたくさん持っています。ご安心ください」

「それでは、私からの感謝のしるしとして私が連れてきた奴隷を何人か置いていく。受け取ってくれ。しかし……お前は変わったな、何かあったのか？」

（片足を引いているが……どうしたのだろう）

「兄さん、主が私の名を変えてくださいました。私はヤコブではなく、イスラエルです」

「イスラエルだと？　何があったのだ？」

「私は腰を痛めました。それによって前のように人を押しのけることができるなくなりました。これからはありのままに、障害者として生きることになるでしょう」

「そうか……ありのままか……それでいい、それではお前をイスラエルと呼ぶことにしよう」

　彼らはヤコブの宿営の中に入り、二十年ぶりでゆっくりと歓談した。

「兄さん、久しぶりですからゆっくりここで休んでください。お父さんはお元気ですか？　母さんは？」

「父さんはだいぶ弱ってはきたがまだ元気だ。しかし母さんはお前が出て行った後、しばらくしてから亡くなった。お前の名を呼んでいたよ。お前がいなくなって寂しかったのだろう。しかしデボラはまだ元気だ」

「デボラ? あ、母さんがカランから嫁にきたとき、一緒にきた母さんの乳母ですよね? そうですか……母さんは亡くなったのですか……」

(もう一度会いたかった……母さんに私の家族を見てもらいたかった……)

「それで、兄さんは?」

「私か……お前がいなくなってから、私の妻たちと母さんの仲がうまくいかなくてな、私は家を出て、セイルというところにいる。ここからずっと南の、潮の海(死海)の南だ。お前も多くの子供を与えられたが、私にも家族が大勢いる。私たちはどちらも大家族だから、一緒には住めないだろう。いつかまた会うときがくるかもしれない。まあそのときまでお互いに元気で暮らそう。お前も早くその腰を治して体を大事にしろよ」


話は尽きなかった。次の日二人は平安のうちに別れたが、この後二人が会ったのは、父イサクが死んだときである。ヤコブがセイルを訪れたという記録は残っていない。イサクの生涯は百八十年であった。二人はイサクのために盛大な葬儀を行い、彼を、アブラハム、サラ、リベカが葬られているヘブロンの北のマムレに葬った。これが二人の出会いの最後となり、二度と会うことはなかった。後にエサウの子孫はエドム人と呼ばれ、イスラエルの歴史の中で関わり合うことになる。しかし聖書にはヤコブは死ぬ日までヤコブと呼ばれ、イスラエルと呼ばれた個所はわずかである。

ヤコブとその一行は、ヤボク川に沿ってしばらく進んだが、ヤコブの腰の痛みはなかなか治らず、二本の棒と羊毛の布で作った担架で運ばなければならなかったので遠くに行けなかった。

「旦那様、この先に小さな村がございます。その町でしばらく静養されてはいかがですか。これ以上旅を続けるのはご無理かと思われますが……」

「うむ。そうだな……そうするか」

（母さんもいないし、急ぐこともないのだ……）

妻たちの勧めもあって、静養のためヤコブはそこに石の家を建て、腰の痛みが治るまで数年滞在することになった。それでその場所はスコテ（小屋）と呼ばれた。そこは川に面した静かな集落で、水も牧草も豊かであり、彼とその家族はこの地でゆっくりと平和な時を過ごした。

10　ディナ

（思わぬ長逗留をしてしまった。腰もだいぶよくなったから、カナンに行こう）

数年の間に旅ができるまでに回復したので、ヤコブとその一行はスコテを後にしてヨルダン川を渡った。

（そうだ、祖父さんのアブラハムが通った道を行くとしよう）

ヨルダン川の西岸に沿ってエジプトに行く隊商の通る道があるが、家族と多くの群れを歩かせるわけにはいかないので、彼は祖父アブラハムが通った山道を西に向かってシェケムに行くことにした。そこは、かつてアブラハムの前に神が現れ、あなたの子孫にこの地を与える、と約束してくださった所縁《ゆかり》の地である。アブラハムはそこに祭壇を築いて神を礼拝した、と、ヤコブは父イサクから聞いたことがあった。シェケムからモリヤの山まであと五〇キロ、故郷は近い。彼らはシェケムの町には入らず、その手前の牧草地に天幕を張り、旅の疲れを休ませることにした。しかしそこはシェケムの町の管轄区域内である。

（無断で天幕を張ることはできまい）

そう思ったヤコブは、シェケムの首長に会って許可を取ることにした。人に聞くと、首長の名はハモルといって、セムの子孫ではなく、ハムの子孫だという。彼は妻たちにいった。

「私はこれから町長のハモルに会いに行く。土地のことで問題を起こしたくないから、できるればこの土地を買い取ろうと思う。お祖父さんと関係のあるところだからな」

するとその話をそばで聞いていた娘のディナがいった。

「お父さん、シェケムの町に行くの？ お願い、私も連れて行って。ここは羊ばかりでなんにもなくてつまらないから、町を見たいわ」

ヤコブの一人娘のディナはすでにローティーン（十四、五歳）で、におうばかりに美しい娘になっていた。ヤコブも彼女と一緒に行くのは悪い気がしない。彼はにこにこしながらいった。

「そうだな。町長もお前を見ればまけてくれるかもしれない。行くか」

神に選ばれた聖なる家系に育ったヤコブは、シェケムがどんなに不道徳な町か全く知らなかった。もし知っていたら、若い美しい娘と連れ立って出かけるような愚かなことをしなかっただろう。二人の姿は町の人々の目を惹いて、すぐ町長の耳に入った。町長の住まいは遊牧民のヤコブたちとは違い、石造りの大きな建物で、面会を申し込むとすぐに中に通された。そこにはハモルと、彼の息子のシェケムがいた。シェケムはすでにディナの噂を聞いていたので、じっと彼女を見つめた。

（なんて魅力的な子だろう。しかもきれいだ。あの子と寝たい……）

「早速ですが、実は土地のことでまいりましたが……」

「土地？　あなた方が天幕を張られた土地ですか、まあ、まあ、そう急がなくともゆっくり話しましょう……」

親たちの話し合いが長引きそうなのをみると、シェケムはディナに小声で話しかけた。

「君、ディナといったね、父さんたちが話している間に町に行かないか？」

「町に？」

「うん、町には面白いお店がたくさんあるよ。まだ見てないだろ？　案内するよ」

十一人の若い兄弟たちに囲まれて育ったディナは、異性に対する恐れが全くなかった。兄弟たちは皆彼女に対して優しく接してくれる。それが男性であり、彼女と対等の話し相手だった。

「本当？　見たいわ。連れて行ってくださるの？　でも、父に聞いてみるわ」

「大丈夫だよ。父さんたちは熱心に土地の話をしているから、まだしばらくかかるだろう。

召使いにそういっておくよ」

「そうね。行きましょうか、ちょっとだけよ」

と、彼女は好奇心に負けてしまった。確かに、羊の群れと草原の中で育ったディナには、町は刺激が詰まった面白いところだった。色とりどりの布を売る店、羊や、牛や、山羊の肉のおいしそうな料理を食べさせる店、あらゆる種類の果物や木の実、豆類の店、バターやチーズの店、木や石を掘って作った美しい細工物や装身具の店、大人も子供も喜びそうな娯楽場、そして売り手たちの賑やかな誘いの声と、華やかに着飾った人の群れなど……すべて初めて見るものばかりだった。

「わー、きれい……」


「君、今夜泊まっていかない?」

「え?　だめよ。父が待っているわ。もう戻りましょう」

「この町は一日じゃ見きれないよ。まだまだ面白い店がたくさんあるからね。この通りだけでなく、向こうにも、その向こうにも店が並んでいるんだ。また明日こよう。泊まっていきなよ。僕の家は大きいから、君の寝る部屋ならあるよ……」

「でも……父は許さないわ」

「君のような女の子って初めてなんだ。ひと目見て君を好きになってしまった。僕の知ってる女の子は、みんなもじもじしたり、顔を赤くして隠れたり、作り笑いをしたり、まともに話もできないやつばかりだ。だから、君といると実に楽しい。君を離したくないんだ、いいだろ？」

男性から真顔でそんなことをいわれれば悪い気はしない。

「そうね。父がいいっていえば……」

泊まる、という言葉が何を意味しているか、ディナは考えもしなかった。

そのころ、二人の父たちも土地の話だけでなく、祖父のアブラハムの話から始まって、家系の話、商売の話、家畜や穀物の相場の話など、話が弾んで、気がつくとすでにあたりは暗くなっていた。

「いや、これは……すっかり長居をしてしまいました。そろそろ帰りませんと……家の者も私の帰りを待っておりましょう。それで結局、いかがでしょうかね、あの土地のお値段は……？　私としましては祖父の縁もありますし、売っていただきたいのですがね……」

「そういうことでしたら……いかがでしょうか、羊百匹では……？」

「羊百匹……よろしい、それで決めましょう。明日、私どものところに受け取りにおいでいただけますか？」

「分かりました。それでは明日使いの者をやりますから用意しておいてください」

「では……ところで、娘はどこにおりますか？　帰るといってください」

「お嬢さん？　ちょっとお待ちください」

そういってハモルは大声で召使いを呼んだ。

「おい、お客様がお帰りだ。娘さんを連れてきなさい」

出てきた召使いは彼にいった。

「旦那様、ディナ様は今日町に行かれまして、とても面白かったから明日もまた行きたいと……

それで今夜はお泊りになるそうでございますが……」

「泊まる？　すみません、一緒に帰ります。連れてきてください」

「それが……疲れたといわれまして、もうお休みだそうでございます……」

「もう休んだ？　そうですか……起こすのもかわいそうだ。それではハモルさん、娘を置いていきますが、明日羊を取りにこられるとき娘を連れてきてくださいませんか。頼みますよ」

ヤコブもまた、神を信じる聖なる家庭に育った者として、神を知らない若者たちの放縦な性生活については無知だった。彼は何も疑わず、若い娘を不信仰者の家庭に残して立ち去ってしまった。

確かにディナは疲れていた。静かな草原で育った彼女は、人の群れる町の雑踏の中を歩くのは初めてだった。だから、「泊まっていきなよ」とシェケムからいわれたとき、その気になったのは無理からぬことだった。

（お父さんはたいていの私の頼みを聞いてくれる。でも、お父さんに聞いてみなくては……）

「父はどこ？」

「ちょっと待って、僕が行って聞いてくるよ」

シェケムはそういって彼女を自分の部屋に置いて出て行ったが、間もなく戻ってきていった。

「お父さんはもう帰ったそうだよ。よろしく頼む、だって……明日君の兄さんが迎えにくるそうだよ」

「え？　帰ったの？　どうしよう……」

「いいじゃないか、ここで寝れば……」

「だって、ここはあなたのお部屋でしょう？　あなたはどこで寝るの？」

「一緒に寝よう。朝までいろんな話をしよう。君と話をするのはとても楽しい。いいだろう？」

そういって彼はディナの隣に横になり、彼女を抱きしめた。

「ディナ、愛してるよ。君を離したくない。結婚しよう」

「結婚？　そんなこと私たちに決められないわ。お父さん同士が決めることよ」

「先に僕たちが結婚してしまえば、君のお父さんだってだめだとはいわないだろう」

「だめっ、そんなこと許されないわ。離して……私たち殺される……」

「殺される？」

「ええ。前に私たちの氏族の中でそんなことをした人があったの。そしたら、その人たちは引きずり出されて、皆の前で、石で打ち殺されたわ。淫らな行いをしたからだって……」

「ふーん。淫らな行いか……この町じゃ、若者たちはみんな、その、淫らな行いをしてるよ。それから結婚するんだ。だから君たちの氏族に帰らなければいいのだろ？　ここでは誰も僕たちを殺さないからね。もう君を離さない。ずっとここにいろよ。大きな声を出してもむだだよ。奴隷たちに部屋に入るな、外で見張りをしろ、といってあるからね。もう君は逃げられない……」

「あっ、やめて……助け……」

朝になった。ディナは激しく泣いていた。

「私、もう家に帰れない……父や兄たちは私を許さないわ。私は殺されるわ」

「殺すだって？　殺すものか。ここではみんながやっていることだ。泣くなよ、ディナ。君は僕のものだ。これから君はずっとここで暮らすんだ、もう帰さない。ここにいろ、これから父に話して、君のお父さんと結婚の話をしてもらう。この部屋から出るな」

彼は部屋から出ると、召使いに命じて部屋を見張らせ、自分は父のハモルのところに行った。

「父さん、おはよう」

「おや、いつも朝寝坊のお前が今朝は早いな。あの娘はどうした？」

「父さん、そのことなんだけど……僕たち結婚したんだ」

「結婚？　何のことだ」

「お父さん、お願いだ、反対しないでね。昨夜あの子と寝た」

「何？　別の部屋で寝たのではないのか？　お前、まずいな。あの娘の父親は私たちの土地を買ってくれた。これからあの家族と仲よく付き合うことにしたのに、お前は少々早まった。必ず彼は怒るぞ。なんて説明したらいいか……」

「お父さんはいつも僕に、早くいい娘を見つけて結婚しろといってるじゃないか。だからあの子を嫁にすると決めた。お願いだから、今日ヤコブさんのところに行って結婚の話を決めてください。はっきりいうけど、僕はあの子以外どんな女とも結婚しないよ」

「うむ……」

（悪い話ではない。ヤコブは財産家だ。私の息子と彼の娘が結婚すれば、私たちはいい姻戚関係となって、これからお互いにうまくいくかもしれない……）

「そうだな、今日は土地の代金として羊を受け取りに行くといってあるから、その話もしよう。お前も一緒にくるか？」

「行く、行きます」

「ディナはどうする？　今日連れて行くといったのだが……」

「いやだ。置いていく。断られて、向こうに取られてしまうかもしれないから……」

彼は泣いていたディナが心配だった。

（家でおとなしくしていてくれ……僕から逃げないでくれ……）

「しかし……困ったことをしてくれたな……ヤコブがはいそうですか、と、簡単に応じてくれるかどうか……だ。もしかしたら法外な花嫁料を取られるかもしれないぞ。覚悟しておけ」

「法外な花嫁料? 出してくれるよね。息子は僕一人だし……」

「うむ……」

「何? ハモルが息子を連れてきたと? ディナはいるか? 今日連れてくる約束だ……」

ヤコブは、ディナを一人置いてきたことが気にかかっていた。

「何? いない……? なぜだ? とにかく会おう」

そしてハモルは土地の代金より先に、息子の嫁としてディナを欲しいと話し出した。

「残念ですが、それはお断りいたします。私たちはアブラハムの家系に属さない者たちとの婚姻は認めておりません」と、ヤコブはきっぱりと断った。

「認めない? なぜですか? 二人が愛し合っていてもですか?」

「はい。私たち一族には、主とお呼びする神がおられます。主は、割礼を受けていない家族の息子、娘との婚姻を禁じておられます。どうぞこの話はなかったことにしてください」

「なかったことに、といわれましても……実は、まことに申しあげにくいのですが、息子のシェケムは、昨夜お嬢さんと……その……一緒に寝たと、申しまして……もうすでにその……おい、シェケム、自分で説明しなさい」

「その……ディナはもう僕の妻です。昨夜……」

ヤコブはさっと顔色を変えた。

「え？　もうすでに……？　本当か？　娘がそんなことをするはずがない……あり得ない……」

そういうとシェケムの胸倉を掴んで詰め寄った。

「いいなさい、娘に何をした？　彼女に乱暴したのか？」

「……」

「シェケム。ちゃんと話しなさい」とハモルは困惑しながらいった。彼は大した出来事とは思っていなかったのである。

「お父さん、僕はその……乱暴なんかしていません。ディナとは合意の上です。どうぞディナを僕にください。僕は心からディナを愛しています。どんなに高い花嫁料や贈り物でも差し上げます。お願いします」

「何？　ディナが合意した？　アブラハムの家の娘が合意などするはずがない……そんなことをする者は死をもって制裁されるのだ。彼女はそれを知っているはずだ。待ってくだ

さい。息子たちと相談しますから……」とハモルにいいながら彼は外に出て行った、

ヤコブは、野にいる息子たち全員を招集し、事の次第を彼らに告げた。

「許せない！」

彼らは一斉に大声をあげてハモルとシェケムと取り囲んだ。特にレアの息子たちにとっては、ディナは自分たちの実の姉妹である。

「私たちはあなたを許さない。このような恥ずべきことは、イスラエルの中で起きてはならないことで、こういうことは死に値する罪なのだ、いいか、分かっているな？」

「まあ、まあ、どうぞそんなにお怒りにならないでください。息子は心からディナさんを愛しています。どうか彼女を息子の嫁にしてください。また、あなた方のご家族はこの地に住んでください。そして私たちの一族の娘をあなた方の嫁に迎え、また、あなた方の娘さんを私たちの若者の妻にしてください。お互いに仲よくこの地で暮らしましょう。ここにはあなた方の羊を養う豊かな草原が広がっています。あなた方は自由にこの地を行き来し、ここで増え広がってください……」

「お願いします。ディナさんを僕にください。どんな高い花嫁料でもお払いします」

シェケムは、兄弟たちの予期しなかった激しい怒りに恐怖を感じて、床に土下座した。

（ディナは、そんなことをすれば殺されるといった……殺されるかもしれない……）

兄弟たちは別室でしばらく話し合っていたが、戻ってくるとこういった。

「ハモルさん、聞いてください。私たちは、割礼を受けていない者に妹を嫁にやることはできません。ただし、もしこの町のすべての男性が割礼を受けて私たちと同じようになってくださるなら、私たちは婚姻関係を結び、私たちはこの町に住んで、一つの民となることができます。しかし、それに同意していただけなければ私たちはディナを連れてここから出て行きます」

割礼とは、不品行を避けるため、男性の性器を包んでいる厚い皮膚の先端を刃物で切り落とす儀式である。神がアブラハムに命じられたこの儀式は、イスラエル民族だけでなく、アラブ民族の中にもいまなお行われている。

「分かりました。では、そのようにいたします。そうすればディナさんを頂けるのですね」

ハモルとシェケムは彼らの条件を素直に受け入れた。

（よかった、殺されないですむ……）


「父さん、町中の男たちを集めて、割礼を受けるようにいってよ。それでディナと結婚できるのなら、そうしようよ。僕からも皆に話すよ、僕のいうことならみな聞くよ」

「うむ、割礼か……聞くところによると大層痛いらしい。いいのか？」

「痛いといっても死ぬわけじゃないし、二、三日我慢すればいいんでしょ」

「いや、もっと長くかかるらしい。本当にいいのか？」

「父さん、とにかくそれがディナと結婚する条件なんだ、殺されるよりはいいじゃないか。受けるよりしょうがないよ」

「うむ……」

（金ですむならいくらでも出すが……割礼とは……）

ハモルの心のどこかに不安があった。しかし、彼らは町に帰ると町の男性を集めていった。

「皆さん、ヤコブさんとそのご一家をこの町に受け入れることにしました。あの人たちは礼儀正しい、正直な人たちです。それにより、私たちの娘はあの家族の息子の妻となり、私たちの息子はあの家族の娘を妻とすることができます。そうすれば彼らの財産はこの町のものになりますからね。ただし、それには一つの条件があるとヤコブさんがいわれるのですが……」

「条件？」

「何だ、何だ……」と町の男性たちは一斉に騒いだ。

「つまり……、まあ、聞いてください。この町の男性が、すべて……その……すべて割礼を受けるということです。そうすれば彼らと同じ民となり、お互いに婚姻関係を持つことができるというのですが……」

「何？　割礼？　ユフラテの方からきたあの一族、つまりヘブルのやつらは割礼をすると聞いたことがあるが、おれたちもするのか？　いやだね……」

「そうか……？　いいと思うよ、ヤコブの息子たちは皆美形だし、町の娘たちはみな彼らにあこがれている。あいつらは金持ちだから、おれたちの娘が嫁になれば、たんまりと花嫁料がもらえるというわけだ……それがおれたちの町の発展になるというなら悪くない……なあ、お前にも娘がいるじゃないか、そう思わないか？　……」

「それはそうだが……しかし……ひどく痛むそうだ」

「我慢、我慢……二、三日じっとしていれば何とかなるさ……」

「そうだなあ……そうしようか……」

こうして町の男性たちはヤコブの申し出に同意した。そして町のすべての男性が割礼を受けた。

三日目になった。男たちはみな割礼の痛みで動くことができなかった。その日ディナの兄、シメオンとレビは彼らの町を襲い、町の男性を一人残らず殺してその町のすべてのものを略奪した。そしてディナをシェケムの家から助け出した。

「何ということをしたのだ。周囲のカナン人はみな私たちを憎むだろう。もうここに長く留まることはできなくなった」と、ヤコブは彼らを叱りつけたが、彼らはいった。

「妹が遊女のように取り扱われたのです。許せますか？」


この、シメオンとレビによるシェケム殺戮《さつりく》は、一見妹を汚した彼らに対する私的な感情による怒りの爆発ともとれるが、実は、淫蕩な町シェケムに対する神の制裁ではなかったかとも思われる。アブラハムの甥、ロトが移住したソドムとゴモラは倒錯した性の罪のため、神の怒りの火によってロトの家族を除き、一人残らず滅ぼされた。ノアの大洪水も、地上に増え広がった人間たちの淫行に対する神の怒りだった。神が最も嫌われるのは姦淫である。淫行を行えばすぐに殺されるということはないかもしれないが、その罪の結果として多くの涙を流すことを覚悟しなければならない。実に、人の世に起きるトラブルと不幸の原因の多くは不正な性行為である。

神に代わりシェケムを滅ぼしたシメオンの子孫は、いまもユダヤ人と呼ばれる民族の中に残っている。レビの曾孫モーセは、創世記の次の書『出エジプト記（イクソダス）』の主人公で、彼の子孫は代々神の祭司として、イスラエル民族の歴史の中で重要な役割を担うこととなる。

この事件の後、神は再びヤコブに現れ、声をかけられた。

「立ってベテルに行き、かつて私があなたに現れたその場所に、礼拝と捧げ物をするための祭壇を築き、あなた方はその地に住みなさい」

この声を聞くと、彼らはすぐに旅支度をしてシェケムを出発した。シェケムの住民には説明し難い恐怖が臨んで、誰ひとり彼らの後を追って仕返しする者はなかった。

彼らは、長い旅で古びた衣類や、シェケムで汚れたものをことごとく棄てて、新たな思いでベテルに住みついたが、やがて老齢の父を思い、ヘブロンにいるイサクの元に帰ることにした。彼らがモリヤの山を過ぎて、ベツレヘムに近づいたとき、二人目の子を妊娠していたラケルが突然出血した。

「ああっ、赤ちゃんが……」

「何？」

慌てて助産師を呼んだが、長旅で疲れていた彼女の肉体は、出産の苦痛と出血に耐えられなかった。苦しみの中で男の子を産むと「ベノニ……（私の苦しみの子）」と呼びながらラケルは息を引き取った。

ヤコブはその子をベンジャミン（右手の子）と名づけた。（「右」は名誉、幸運、卓越性を表している）。そして彼女の亡骸をベツレヘムの町の道端に葬った。その墓は今日もそこにある。ヤコブは生まれたばかりの赤子を抱いて、ヨセフほか十人の子供たちを連れ、ヘブロンの父の元に帰った。

イサクは百八十歳で死に、エサウとヤコブが父を弔い、彼をアブラハムとサラ、およびリベカが眠るヘブロンのマムレの洞窟に葬った。

11 ヨセフの夢

「お父ちゃん、僕見ちゃった」

「何だ？　……ヨセフ」

幼いヨセフは時々、父親にそっと耳打ちをしにくる。

「ルベン兄ちゃんのこと……」

「ルベンがどうかしたのか？」

ヤコブはヨセフが可愛くてたまらなかった。最愛の妻ラケルはもういない。彼女の面影は、ヨセフの形のいい鼻や、目元に現れていた。ヤコブはラケルを抱きしめるようにヨセフを抱きしめた。

「何を見たんだ？」

ルベンはラケルの姉レアが産んだ最初の子で、立派な若者になっていた。当然彼は長子の権を持っていた。

（いつかは彼に長子の祝福の儀式を行わねばなるまい）と、彼は思っていた。それと同時に自分が父をだましてそれを兄エサウから奪ったことも忘れていなかった。

「あのね、ルベン兄ちゃんが夜、ビルハ母ちゃんの天幕の中にそーっと入って行ったよ」

「何？　ルベンが……？　どうしてそれを知ったのか？」

「僕、お星様があまりきれいだったので、天幕をそっと開けて星を見ていたんだ。そしたらルベン兄ちゃんがきて……」

「ルベンはお前に気がつかなかったのか？」

「だって真っ暗だったから……」

ラケルの女奴隷だったビルハの天幕は、ラケルの子たちの天幕に近い。ヨセフが見たことは偽りとは思われなかった。

（ルベンはビルハと寝たのか……？）

これが事実なら父の妻を犯したルベンの罪は、神と人の前で決して許されるべきものではない。

「分かった。誰にもいうな」

（神の祝福を受けた私の長子がそのような事をするとは……）

彼にはショックだった。彼はこのことを明るみには出さず、秘かにルベンを呼び彼から長子の権を外した。それ以後彼は一切長子の権のことを口にしなかった。彼の内心は、ヨセフにそれを譲りたかったからである。そのことを口外すれば、レアの息子たちは黙ってはいまい。家庭内にひと波乱あるのは目に見えていた。それでなくてもヤコブのヨセフに対する溺愛は兄たちの目にも明らかで、年齢順に座るはずの食事のときもヨセフはいつも父の隣りに座り、彼の話に父はうれしそうに聞き入っていたので、父と兄たちとの会話はほとんどなかったのである。

彼らの心は穏やかではなかった。しかもヨセフは、兄さんたちがこんなことをいっていたよ、こんなことをしたよ、などとすぐそれを父に告げた。その中にはいいこともあったが、父を怒らせるような悪い材料が多かったため、彼らの嫉妬はいつか憎しみに変わっていた。しかしヨセフは、自分は父を喜ばせていると思っていたので、それが悪いこととは夢にも思っていなかった。

ヨセフが十七歳になったときである。ラケルから受け継いだ〝美〟のDNAは彼の中に見事に現れ、彼は誰もが振り返るほどの美少年だった。ヤコブは、ヨセフを兄たちと共に牧羊の仕事をさせずに、ベンジャミンと自分のそばに置き、ヨセフにのみ特別の美服を着せたので、ますます彼の美は目立っていた。そして兄たちは嫉妬からますます彼を憎んだ。

ある夜ヨセフは夢を見た。彼が兄たちと共に畑で麦を刈り入れ、束ねていると、ヨセフの束ねた麦束が真っ直ぐに立ち、兄たちの麦束が彼の麦束の回りにきて一斉にひれ伏して礼をした。

「夢か……面白い夢だ。兄さんたちに話したらどんな顔をするかな？」

「兄さん、聞いてよ、僕、面白い夢を見たんだ……」

兄たちが仕事を終えて夕食の席に着くと、彼は得意げにいった。

「夢？　夢がどうかしたのか？」

彼らは誰も興味を示さなかったが、ヨセフは構わずに、彼の麦束に向かって兄たちの麦束が最敬礼をしたことを笑いながら兄たちに告げた。

「ばかばかしい、いつかおれたちがお前にひれ伏すとでも思っているのか？」

「うん、もしこの夢が正夢なら、そうなるかもしれないよ……」

「いい加減にしろ」

「兄ちゃん、いつかそうなるかもしれないね……」

とベンジャミンがうれしそうな顔をしていった。彼は、同じ母を持つこの兄を心から慕っていた。

「夢の話はもういい。飯がまずくなる」

兄たちは一斉に不機嫌な顔をし、さっさと夕食を終えると自分の天幕に帰ってしまった。

ところが四、五日すると彼はまた夢を見た。太陽と、月と、十一の星が彼を拝んでいるのである。この夢は兄たちだけでなく、父ヤコブをも不機嫌にさせた。ヤコブはヨセフを呼んでいった。

「ヨセフ、思い上がってはいけない。私と、母さんと、兄さんたちがお前にひれ伏すなどと考えるな。お前はこの家では一番小さい者だ。兄さんたちの前ではおとなしくしていなさい」とはいったが、ヤコブの心の中にこの子はいつか大物になるのではないか、という期待感があった。

「神のみぞ知りたもう……」

ある日、羊の群れを連れてシェケムの方に行った兄たちがなかなか戻ってこなかった。シェケムにはいやな思い出はあったが、その地の牧草は豊かで牧羊に適していたため、その地方に出向いて行ったのである。しかし、野獣や山賊の襲撃だけでなく、かつての事件を忘れていないシェケムの住民もいるだろう。ヤコブは、息子たちに何かあったのかもしれないと気にかかり始めた。

「ヨセフ、しばらく兄さんたちから連絡がないが、お前、見に行ってくれないか?」

「え? シェケムに? 僕一人で?」

「お前ももう十七だ。兄さんたちと一緒に仕事をしてもいい年だ。親の私が見に行きたいのだが、私はもう年だ。私の代わりに行っておくれ。行って兄さんたちや羊たちが無事かどうか、見てきて、私に知らせてほしい、いいな?」

「分かったよ、父さん」

　彼らの居住地ヘブロンからシェケムまでは約八十キロある。彼は兄たちが彼をすぐ見つけられるように、父が彼のために特別に作らせた派手な色の長服を着て出発した。その道をヨセフはよく覚えていた。その途中のベツレヘムで、母のラケルが死んだのだ。母を思い出しながら歩くその道は、若いヨセフにとってそれほど大変な道のりではなかった。

　あの事件のことは忘れられたようにシェケムは元の姿だった。しかしヨセフは町には入らず、かつて父と共に天幕を張った草原を探し回ったが、兄たちと羊の群れはどこにも見当たらなかった。

「おかしいな。兄さんたちどこにいるんだろう……大きな群れだから、だれか町の人が知っているかもしれない。町に行って聞いてみよう」

彼が町の手前までくると「おい、兄ちゃん」と、ひとりの老人が声をかけた。

「やけに派手な服を着ているが、お前、ヤコブの息子じゃないか？」

「はい、そうですが……」

「何しにきたんだ？　この町はお前らがくるところじゃないよ」

「父の使いで、兄たちを探しにきたのです。この地方に羊を連れてきたはずなのですが、何の音沙汰もないので、父が心配をして、私に様子を見にこさせたのです」

「そうか、しばらく前にお前の兄貴たちは確かにきたよ。ところが、食料を買いに町に入ろうとしたので、女たちが怒ってね、町に入るな、ここから出て行けと、大騒ぎさ。それでシェケムから追い出されて北の方に行ったよ」

「北？　どこだか分かりますか？」

「十キロほど先にドタンという町がある。そのあたりで聞いてみな」

「そうですか、ありがとうございました」

十キロならそう遠くではない。彼はまた歩き出した。

ドタンの周辺の草原で羊を飼っていたヤコブの息子たちは、ヨセフの派手な長服を遠くから見つけた。

「おい、見ろ。あれはヨセフだ。ヨセフがこっちにくる」

「ん？　ヨセフ？　そうだ、ヨセフだ。あの派手な服はヨセフ以外誰も着ないからな」

「ヨセフか……夢見る者が何しにきたんだ……？」

「たぶん親父の使いだろう。しばらく戻っていないからな……」

「あいつの見たという夢、どうも気に食わない。そう思わないか？」

「当たり前だ、ばっちのくせにおれたちの王にでもなる気だ……」

ジルパやビルハの息子たちは、レアの息子たちには頭が上がらなかった。しかしヨセフは彼らより年下である。それなのにヨセフは彼らを見下げていた。それが彼らは面白くなかった。

「兄さん、いまにヨセフは兄さんたちより偉くなるつもりだよ。あの夢を信じているからさ。兄さんもそう思っているの？」

「とんでもない、そんなことがあってたまるか、あんなやつ、いっそ死ねばいい」

「死ねば……？そうだ、あいつがいなくなればあの夢もなくなる……」

「そうだ、殺しちまおうか。親父には獣にやられたといえばいい……」

「そうだ、やっちまえ」

弟たちの会話が次第に激しくなるのを聞いていたルベンは驚いていった。

「何いってるんだ、だめだ！　殺すな！」

「だめだ？　ほら、もうじきあいつがくる。あいつと一緒に戻るのか？　やだね」

「よく考えろ。おれたちの手で弟を殺せば罪になる。どうだ、あそこに水の出ない井戸の穴がある。あの穴に放りこんでおれたちは帰ろう。たとえ穴の中であいつが死んでもおれたちが殺したわけじゃない……」

ルベンは自分の犯した罪のため父の前ではいつも引け目を感じていた。それで、ヨセフを弟たちが穴に投げ込んだ後、弟たちを先に出発させてヨセフを穴から助け出し、父に渡すつもりだった。

（父さんがそれを知れば、きっと自分に感謝し、以後自分を冷たい目で見なくなるだろう……）

「へえ……ルベン兄さん、いいこというじゃないか、おれたちだって弟を殺したくはない」

「そうだ、そうしよう」

彼らは、ヨセフがくるといきなり捕まえて、派手な長服をはぎ取った。

「あっ！　何するの？　やめて！　助けて！」

もがく彼を、兄たちは裸同然にして深い穴の中に放り込んだ。悲痛な叫び声が穴の底から聞こえた。

「ああっ、助けてよ……！　兄さん、助けてよ……！」

その声を聞きながら兄たちは井戸のそばで、ヨセフが持ってきた父からの差し入れの食べ物を広げた。母たちが彼らのためにこしらえた久しぶりの料理だったが、黙々と口に運んでいるだけだった。

「助けてよ、助けてよ……」と叫び続けていたヨセフの声はやがて聞こえなくなった。

「ちょっと乳を搾りに行く。のどが渇いたから……」

ルベンはその場の空気に耐えられなくなったのか、立ち去って行った。


雨の少ないカナンは、穴を掘ってもすぐには水が出ない。カナン人は水を掘り当てるまで、いくつも穴を掘らなければならなかった。掘った穴はそのままにしてあるので、ヨセフが投げ込まれた穴もその一つだった。泥の穴だから登って行く術は何もない。しかしときたま訪れるスコールが降れば空井戸にはたちまち水がたまる。それはいつか分からない。今日か明日か……そしてヨセフの命は……？

「なぜ、兄さんたちは僕をこんな目に合わせるのだろう、死んじゃうじゃないか」

父のそばで愛されることしか知らなかったヨセフは、兄たちが自分を殺すほど憎んでいたとは夢にも思わなかった。しかし「助けてよ、助けてよ」と、いくら叫んでも誰も助けてくれない。叫び疲れて声が出なくなると、涙がぽたぽたと穴の底の泥の中にしみ込んでいった。

(僕はここで死ぬのか……?　なぜ?　どうして?　なぜ死ななけりゃならないのだ?)

いくら考えても分からなかった。そして死の恐怖が彼を包んだ。

(死ぬ?　死んだらどこに行くのだろう……?　父さんはよく、天国と地獄の話をしてくれた。「天国は幸せな美しいところだ。神がそこにおられる。しかし罪人はそこに行けない」と……いま死んだら、僕は天国に行けるのだろうか……?)

ヨセフの頭の中に、父に兄の告げ口をしている自分の姿が浮かんだ。そしてその自分がひどく醜く見えた。彼は思わず父を呼んだ。

「父さん、僕、死にたくない、父さん、助けてよ!」

そのときふと父からいわれた言葉を思い出した。

「ヨセフ、お前はいまは幸せだが、私もいつまでもお前と一緒にいられるわけではない。何か困ったときは、主よ、と天の神を呼びなさい……神はきっとお前に応えてくださる」

（天の神？　そうだ、父さんはいつもお祈りをしていた。僕の声も聞いてくださるかもしれない……）

彼はいままで、神の助けを必要としたことは一度もなかった。彼の必要はいつも父が満たしてくれたからである。いま父はそばにいない。となれば神にすがるしかない。

「天の神様……」と初めて彼は心から神を呼んだ。

「神様、主よ、僕はここで死ぬのですか？　いやです。助けてください！　僕には夢があるのです。その夢が実現するまで死ねないのです。お願いです。助けてください！　兄さんたちの悪口をいった僕を許してください。僕は高慢でした。もし、僕の命を救ってくださったら、僕は生きる限り、今後人の悪口、告げ口を誰にもいいません。どんな目にあっても文句をいいません。誓います。僕を穴に投げ込んだ兄さんたちを恨みません。本当です。そのお陰で、僕は自分の醜さを知ることができました。だから兄さんたちに感謝します。どうぞ僕を助けてください……」

彼の祈りは真剣だった。なぜなら、「僕にはあの夢がある、あの夢が実現するまで僕は死なない」と信じていたからだった。

「神様、僕を生かして、あの夢を成就させてください。それまで、どんな苦しいことがあ

って も辛抱します。お願いです、助けてください……」

兄たちは気まずい思いで食事をしていた。

「なあ、ヨセフをどうする？　このまま放っておけば、死んでしまうぞ」

「うむ……」

かといって助け出す気もしない。決断がつかなかった。そのとき、ユダが大声を出した。

「おい！　あれを見ろ！　エジプトに行く隊商だ、ミデアン人だ」

ユダの指さす彼方に数頭のラクダが列をなして歩いているのが見えた。

「隊商？　それがどうした……」

「あいつらは奴隷も売り買いしている。ヨセフをあいつらに売ろう」

「何？　ヨセフを売る？」

「よく聞け、ヨセフをこのまま穴の底に放置したら、遅かれ早かれあいつは死んでしまう。そうなればおれたちは一生弟殺しの罪を背負うだろう。しかし奴隷として売るなら殺したことにならない」

「そうか、分かった！　いい考えだ、あいつはいい顔をしているから高く売れるぞ」

「アハハ、よし、高値で売ろう。それでおれたちはこの先あいつの顔を見なくてすむ」

「よし、ヨセフを穴から引き揚げよう。お前たちはあの隊商のところに行って、こっちにくるようにいってくれ」

羊飼いは、野獣がきて子羊をさらって行くときのために、いつでも投げ縄を持っていた。彼らはその縄を穴の中に投げ込むとヨセフに向かって叫んだ。

「おい、縄につかまれ！　しっかりとつかまるのだぞ。引き揚げてやるからな……」

こうして穴から引き揚げられたヨセフは、銀二〇枚でミデヤン人の隊商に売られ、エジプトに連れて行かれた。ミデヤン人はイシュマエルの子孫である。


やがて戻ってきたルベンは、穴の中にヨセフがいないのを見て大声で叫んだ。

「ヨセフがいない！　おい、お前たちヨセフをどうしたのだ。殺したのか？　どうしよう、父さんになんといいえばいいのだ……？」

「兄さん、落ち着いてくれよ。誰もヨセフを殺していない。たまたまミデヤン人の隊商が通りかかったから、そいつらにヨセフを奴隷として売った。銀二〇枚で売れたよ。山分けしよう」

「売った？　父さんになんというのだ？」

「うん、そうだな……なんといおう……」

「いい考えがある。ヨセフの着ていたあの長服にさっき殺した子羊の血をつけよう。父さんにそれを見せて、ヨセフは途中で獣に殺されたに違いない、といえば……」

「信じるかな……?」

「血だらけの長服を見れば信じるさ、あんな派手な服はヨセフしか着ていないよ」

「そうだな……親父、悲しむだろうな……」

「うん……おれたち、悪いことをしたのかな……」

「仕方ないさ……これでおれたちは一生あいつの顔を見ないですむ……」

「親父にも、誰にもいうな、このことはおれたち兄弟だけの秘密にしよう」

「そうだ、おれたちだけの秘密だ……」


血だらけのヨセフの服を見たヤコブは、髪をかきむしって泣き叫んだ。

「ヨセフは死んだのだ！　悪い獣にやられたに違いない！　私が悪かったのだ、あれを使いに出したのは私だ……ヨセフ……ヨセフ……」

彼は何日も泣き悲しんでいたが、心の中のどこかに、（あれが死ぬわけはない、あの夢はきっといつか実現する、それを見るまで死ねない）という希望があった。

兄弟たちは、父の悲しむ姿をつらい気持ちで見ていた。

（父さん、ヨセフは死んでいません……長生きしてください、いつか会えるかもしれません……）

12　ポテパル

「助かった！　神様は僕を助けてくださった……感謝します、感謝します……」

後ろ手に縛られ、腰を覆う布のほかは裸同然の姿で、奴隷として売られる男女たちたちと共に裸足で歩きながら、ヨセフの心は感謝でいっぱいだった。じりじりと焼けつく太陽の光も苦にならなかった。

（生きていればいつか必ずあの夢が実現する時がくる。それまでの辛抱だ。どんなことがあっても、あの穴から引き揚げてくださった神様は僕を見捨てないだろう。文句をいうのはよそう）

あの高慢なヨセフは穴の中で死んだ。穴から引き揚げられたヨセフはもはや前のヨセフではなかった。


エジプトまでの道は長かった。奴隷商人は、できるだけ高い値で売れるように、奴隷には十分な食べ物を与え、休息をとらせた。途中で病気になったり、逃げたりされたら困るからだ。それだけでなく、売られた先で困らないようにエジプトの言葉も教えた。道々数人の奴隷たちは安値で売られたが、隊商のリーダーはヨセフをひと目見て（これは高く売れる）と確信し、彼をエジプトの王宮のある町まで連れて行き、市内の有名な奴隷市場でオークションにかけた。彼の買値はどんどん上がって、最高額で競り落としたのは、王の高官、侍従長のポテパルだった。

「この男は年は若いが、高貴な相をしている。役に立つに違いない」

ポテパルの家にはすでに大勢の奴隷がいた。彼には子供がなく、家族は妖艶なエジプト人の妻だけだった。奴隷たちはこの妻に気に入られようと、女王に傅《かしず》くような態度で彼女に接していた。

「アネス、新しい奴隷を買ってきた。ヘブル人だがわれわれの言葉も分かる。高い買い物だ。きっとお前の気にいるぞ。いい顔だろう。彼に合う服装をさせてやれ」

「この子、まだ子供じゃない。役に立つかしら……お前、名はなんていうの？　年はいくつ？」

「ヨセフです。十七歳です」

「十七？　そう、今日から私があなたの主人よ。いうこと聞かなかったらすぐ意地の悪い男に売り飛ばすからね。まず仕事を覚えなさい、いいわね？」

（なんてきれいな子だろう。どうせ奴隷だから私の好きにしよう）

わざと彼女は不満そうな顔つきをしたが、内心は夫の買い物に喜んでいた。

ヨセフは、この女主人からどんなにひどく扱われても、先輩の奴隷たちからいじめを受けても、ひと言も文句をいわなかった。

（私は文句をいわないと神に誓った。神様はきっと僕の夢を実現させてくださる）

ポテパルは、ヨセフが言葉にも行いにも偽りのないことに気づき、次第にヨセフに自分の仕事を任せるようになった。家の中の大事な仕事も任せてみた。ヨセフは何を教えてもすぐに覚え、何をいいつけても主人の期待以上の仕事をした。二、三年後には、ポテパルは金庫の鍵もヨセフに預け、金銭の出入れの管理まで任せた。家の中でヨセフの知らないものは何もなかった。そして彼は美しい青年に成長した。

「アネス、今日は王の命令で遠くに行く。帰りは遅くなるからお前は先に寝ていなさい」

ある日、毎日きちんと夕食までには帰ってくる夫が珍しくそういった。

「遅くなるって、いつ頃？」

「たぶん夜の更けるころだ」

「分かった、気をつけてね」

彼女は内心ニヤリとした。かねてから彼女はヨセフに目をつけていたのだ。

（いい機会だわ、ヨセフを誘おう。ウフフフ、楽しみ……）

夕食が終わると、

「今夜は旦那様のお帰りが遅いから、お前たちはゆっくり休みなさい」

といって奴隷たちをみな部屋に下がらせ、ヨセフに用事があるからと寝室に呼んだ。

「ヨセフ、二人きりよ。旦那様はお留守だし、誰にも分からないから、一緒に寝ましょう」

「はあ?」

ヨセフは自分の耳を疑った。

「前からこんな機会を待っていたの……そばにおいで。私を抱いてちょうだい……」

「奥様、私は奴隷です。そんなことはできません」

「そう、私の奴隷よ。奴隷は主人の命令に従うのよ。さあ早く……私をじらすつもり?」

「待ってください、奥様。私の本当の主人は天の神様です」

「神様ですって?　アハハハ、うちの主人だって神様を信じてるわ。見てご覧、家中神様だらけでしょう。どこか遠くに行くたびに神様を買ってくるのよ。私は神様なんか信じない。あんなもの、目があっても見えない、耳があっても聞こえない、口があってもしゃべれない、歩くこともできないし、自分の頭のほこりさえ、人間に拭いてもらうのよ。人間のほうがよっぽど賢いわ」

「違います、奥様。旦那様が買ってこられるのは人間が作ったただの置物です。神様ではありません。しかし天に、人間をお造りになった本当の神様がおられます。この方は、私たちが悪いことをしないように、いつも私たちを見ておられます」

「悪いことをしないようにですって？　そう、それで、もし悪いことをしたら？」

「私たちは罰を受けます。しかしよいことをすれば、祝福されます。お願いです、奥様、私を誘わないでください、神様が見ておられます……」

「お前、奴隷のくせに私を説教するつもり？　そんな説教なんか聞きたくない、今夜は楽しみましょうよ。お前の信じている神様だって、人間の楽しみには目をつむってくださるわ。お前初めて？　私が教えてあげるから大丈夫よ」

そういうと彼女はヨセフの腕をつかんで引き寄せ、上着を脱がせようとした。

「だめです。離してください。あなた様はポテパル様の奥様です。私は天の神様の前に罪を犯すことはできません。離してください！」

「いやよ、離さない。私のいうことを聞いて一度試してみたら？　お前もきっと好きになるわ」

そのとき、表の方で何やら物音がした。そして

「旦那様のお帰り……」と奴隷の叫ぶ声がした。

「旦那様のお帰り?!」

アネスははっとして思わず手を緩めたが、ヨセフの上着は握ったままだった。ヨセフは彼女の手の中に上着を残してその部屋から逃げた。そして入れ違いのようにポテパルが入ってきた。

「何かあったのか?」と、ポテパルは、部屋の中を見回した。

「あなた、今夜は遅くなると……」

「うむ、王のご都合で予定が取りやめになったので、思ったより早く帰れた。先に寝ていなさいといったのに寝なかったのか? その上着は何だ? お前の上着じゃない、男か?」

「あなた……」

「いいなさい、誰の上着だ?」

「ヨセフよ……あの男、とんでもない男だわ」

「何? ヨセフが私の留守にこの部屋にきたのか?」

ポテパルは信じられないという顔つきで聞いた。

「そうよ。あの男、あなたが目をかけているからつけあがって、前から機会を狙っていたのよ。それで、今夜は旦那様が遅くなると知ってこの部屋に忍び込んできたの。そして私を押し倒そうとして、私が抵抗したものだから……そこへあなたが帰ってこられたので、慌てて逃げたのよ。ほら、これ見て、あの男の上着よ。着る暇もなかったわ。外面《そとづら》ばかりよくて、ひどい男だわ。あんな男殺したら？」

「うむ」

以前もそんなことがあった。ポテパルはその奴隷を木にかけて処刑した。牛馬と同じ奴隷は、主人が生かすも殺すも自由だ。しかし彼は妻を全く信じていたわけではなかった。夫の留守に何をしているか分からない……。しかし妻は高官の娘だ。

（ヨセフがそんなことをするはずがない。しかし侍従長の妻が奴隷と不義を働いたなどと、悪い風評が立ったら義父になんと言い訳をするか……どうしたものか……）

次の朝早く、ポテパルはヨセフを自分の居間に呼んだ。

「ヨセフ、妻のいうことは本当か？」

「いえ、私の信じる天の神がご存じです。私は何も悪いことはしておりません」

「そうか……私はお前を信じる。しかし、妻の手に残ったお前の上着がある限り、お前は抗弁できない。悪いが、ここではお前が悪者になって、妻を立ててくれ。決してお前の悪いようにはしない。私は家庭に風波を立てたくないのだ……分かってくれ……」

「はい……お任せします」

彼はひと言も抗弁しなかった。

（主よ、あなたは見ておられます。私を死の穴から救い出してくださった主よ、どうぞこの危難から助けてください。あなたを信じます）

ポテパルの屋敷内には、罪を犯した高位の者たちを収容する特別な監獄があった。そして彼はその管理責任者であった。彼はヨセフをその監獄に入れ、秘かに監獄の長にヨセフの面倒を見るように頼んだ。本来なら殺されるべき奴隷が、高官の者たちが入る監獄に収監されるのは異例なことであって、このことだけでもポテパルがいかにヨセフを信頼していたかが分かる。

「すまないが、あの男を頼む。彼はヘブル人で清廉潔白な男だ。悪いことは何もしていない」

獄長もヨセフのことは耳にしていた。

「分かりました。お預かりしましょう」

獄長は長年囚人たちを扱っていたから、悪人か善人かだいたい分かる。ヨセフが悪人ではないといったポテパルの言葉を信じた。それでヨセフには鎖も足かせもつけず、自由に囚人たちの部屋を出入りさせ、その面倒を見させた。後にはその管理責任もすべて任せた。

（主よ、ここでは私は一囚人にすぎませんのに、この過分の恵みを感謝いたします）

彼は感謝の心を持って、すべての囚人に対し同情深く、親切であり、また彼らの悩みを聞いて慰めを与え、適切なアドバイスをすることもあった。彼は、ポテパルの屋敷内でもそうであったように、監獄内でも、人々から必要とされた。

それればかりではない。ヨセフがこの獄舎で過ごした数年間は、彼の生涯で最も貴重な時となった。というのは、そこに収監される囚人はみな、国王または国家にかかわる高位の者あるいは地方の高官たちばかりで、彼らはヨセフに何でも話し、愚痴もこぼした。ヨセフは彼らとの交わりを通して、宮廷内のことだけでなく、エジプト王国全体の政治経済の裏側を知ることができるたのである。つまりこの獄舎は、後の日のために神がヨセフに与えられた特別な教育機関だった。


ある日、二人の王の側近がこの監獄に収容された。一人は王の葡萄酒の吟味役アリヨテ、もう一人は調理室の長エレデであった。二人にかけられた容疑は王の毒殺であって、もしこの嫌疑が事実なら、当然死刑は免れない。彼らはヨセフが話しかけても口を開こうとせず、しばらく無言の日が続いた。ところがある朝、彼らがさらに暗い顔をしているのに気がついた。

「何かありましたか。ここの官吏たちが不当な扱いでもしましたか」とヨセフは聞いた。

「いや、昨夜私たちは同じような夢を見たのだ、何か意味があるのではないかと思う」とアリヨテがいった。

「夢？　お話しくださいませんか。もしかするとその意味が分かるかもしれません」

「お前、夢を解き明かすことができるのか？」

「いえ、私ではなく、私の信じる神が……」

「神か……まあ聞いてくれ」とアリヨテはぼそぼそと話し出した。

「私の前に一本の葡萄の木があった。その木に三本の蔓があって、芽を出し、花が咲き、実がなった。私はその実を搾って王の杯に注ぎ、王に捧げた……」

「それはそれは……アリヨテ様、いい夢ですよ」

「いい夢？　本当か？」

「はい、その夢の意味はこうです。三本の蔓は三日です。あなたへの嫌疑が晴れて、三日後にあなたは復職され、前のように王様に仕えますよ」

「三日後？　そうか、有難い。三日後は王の誕生日なのだ。大きな祝宴が予定されている。私は前のようにその席で王に仕えることができるのか？　いや、よかった、よかった……」と彼は晴れ晴れとした顔で、うれしそうにいった。

「よかったですね。ご家族もお喜びでしょう」

ヨセフは、彼が王の側近であることを知って、ふと一つの考えが浮かんだ。

(もしかしたら、ここから出ることができるかもしれない……)

「……アリヨテ様、お願いがあります、聞いてくださいますか?」

「お願い?　私に?」

「はい、あなたが王様にまたお仕えになったとき、私のことを王様にお話しくださいませんか」

「お前のことを?　何と話すのだ?」

「実は……私はヘブル人の国からさらわれてきて、何も悪いことをしないのにここに投獄されたのです。どうぞ、私がここから出られるように王様に頼んでください。お願いです」

「そうか、分かった。きっと王様にお話しする……ああ、有難い、有難い……」

「おい、私の夢も解き明かしてくれ……」と、二人の会話を聞いていた調理室の長エレデがいった。

「私の夢はこうだ、私は頭の上に、王様のために調理した、いろいろな料理が入っている籠を三つ載せていた。ところが鳥が飛んできてその籠の上に止まり、中の料理をついばんで食べてしまった……」

「エレデ様、申し上げにくいのですが……あなたの夢はいい夢ではありません」とヨセフは気の毒そうにいった。

「何？　よくない？　なぜだ？」

「はい、夢の意味はこうです。三つの籠は三日です。三日後あなたは木に吊るされ、鳥があなたの肉を食いちぎります……エレデ様、何か、心当たりがありますか？」

「何だと？　……私たちが秘かに話していたことを、誰かが王に密告したのだ……畜生、誰だ？」


ヨセフの解き明かしは正しかった。審議の結果アリヨテの容疑は晴れ、三日目の朝復職した。そして王の誕生日の祝宴で多くの客たちの前で王に仕えた。しかしエレデは容疑が固まって処刑された。アリヨテは、祝宴とその後片づけの、目の回るような忙しさもあって、自分が幸せになるとヨセフのことを全く忘れてしまった。

13　王の招き

二年たった。ヨセフは依然として監獄の中にいたままだった、獄屋の中では自由に歩き回ることが許されているとはいえ、一歩も外に出ることはできなかった。あれ以来アリヨテからは何の連絡もないまま、ヨセフは三十歳を迎えた。

「三十歳か……あれから十三年たった……父さんはまだ元気かなあ……兄貴たちはどうしているのだろう……アリヨテに頼んだが、私はまだこの監獄の中だ……彼の夢は実現したのに、私の夢はいつ実現するのだろう……」

最悪の環境の中でも彼は決して絶望していなかった。

（いつか、必ず、その日がくる……）


ある日、獄屋の階上で何か慌ただしい気配がした。地下の囚人たちの耳に、何やら声高に話す獄長の声が聞こえたが、話の内容は分からない。

「何かあったらしいぞ」

「そうだな、また大物がここにくるのじゃないか」

「たぶんな、おいヨセフ、お前また忙しくなるぞ」

「はあ……」

ヨセフも聞き耳を立てていた。すると、どたどたと階段を下りてくる牢番の足音がして、

「ヨセフ！　ヨセフはいるか？」と怒鳴った。

「ここにおりますが……」

「すぐ、獄長のところにこい」

「はあ？」

「すぐだ、お呼びだ」

「獄長が？」

ヨセフはハッとした。そして彼の後について、囚人たちには上がることを許されない地上への階段を上って行った。獄長の部屋には、思いもかけずポテパルがいた。

「あ、旦那様……なぜ、ここに……」

「久しぶりだな、ヨセフ、旦那様はよせ。今日はお前を迎えにきた」

「私を？　迎えに？」

ポテパルは興奮気味の声でいった。

「ヨセフ、王様がお前をお呼びなのだ」

「は？　王様が？」

（とうとうその日がきた！　アリヨテが王様に話してくれたのだ、主よ、感謝します）

ポテパルは獄長にいった。

「このままでは王の前に出られない。すぐ彼の体を洗い、髪を整え、髭を剃り、礼服を着せなさい」

「はっ」

獄長は従者に命じて、垢にまみれたヨセフの体を洗い、長く伸びた髪と髭を切り揃えて、白麻の礼服を着せた。その姿は男性も見とれるような美丈夫だった。彼はポテパルと共に馬車に乗って宮中に向かった。そして宮殿の入口に着くと、念を押すようにポテパルがいった。

「特別なことだ。失礼がないように、陛下とお呼びしなさい。分かるな」

「はい」

「私の後についてきなさい」

「はい」

石造りの広いホールの両側に衛兵が剣と盾とを持ってずらりと並んでいた。その間をポテパルはヨセフを先導し、やがて大きな厚い緞帳の前にくると両側の衛兵が緞帳を左右に広げて「陛下、ヨセフ殿がこられました」と大声で伝えた。

ポテパルはヨセフを一人先に行かせ、彼の後ろで緞帳を閉じた。ヨセフがなお進んで行くと、正面に階段があり、その上段の金と宝石で飾られた王座に、金の胸飾りと腕輪を何重にも飾り、頭に宝冠をかぶった男性が座っていた。当時の最強国家エジプトの王パロであった。その左右に王の側近たちがずらりと並んでいた。

「ヨセフか?」

「はい」と、彼は深々と頭を下げた。

王は彼をじっと見つめていった。

「見ればお前は奴隷らしからぬ美形だが、どこの生まれだ?」

「カナン在留のヘブル人の子です」

「ヘブル人?」

「はい、先祖がユフラテの方からカナンに移住いたしましたので、土地の者たちは私たちの一族をユフラテからきた者という意味でヘブル人と呼びました。実は……私はさらわれて、奴隷として売られましたのをポテパル様が買い取ってくださったのです。私のことは、すべてポテパル様がご存じです」

「そうか、なぜお前を呼びだしたのか分かるか？」

「たぶん……アリヨテ殿のご推薦かと……」

「そのとおりだ。アリヨテが、お前は夢を解き明かすことができるといったからだ……真か？」

「いえ、私ではなく、私の信じる神が……」

「ふむ、神か……それではいうが、実は、私は夢を見た。しかも同じような夢を二回続けて見た。それで心が騒ぎ、眠れなくなってしまった」

「はい」

「次の日国中の呪法師、学者、智者を呼び集めて私の見た夢を話したが、解き明かすことのできる者は一人もいなかった」

「はい」

「そのときアリヨテがいった。聞けば、アリヨテはポテパルの邸内にある監獄でお前に会ったそうだな。お前は彼の夢を解き明かし、そのとおりになった。真か？」

「はい、エレデ殿もご一緒でした」

「そうか、エレデの夢もお前が解き明かし、そのとおりになった、と彼はいった」

「はい」

「アリヨテは、もっと早くお前のことを私に話すべきだったと、お前にすまないといっている。それで、このたびの私の見た夢を国中の智者が解き明かせないのを見て、彼はお前のことを思い出したのだ。ポテパルの獄屋の中に、夢を解き明かすことのできるヘブル人の奴隷がいると……お前は私の見た夢を解き明かすことができると思うか？」

「天の神が解き明かしてくださいます。お話しください」

「よいか、お前は奴隷の身で王の秘密に触れようとしている。もし解き明かすことができなければ、ここから生きて帰れるとは思うな。覚悟はよいな？」

「はい……」（神、主よ……）

「よろしい。では私の見た夢を話す。よく聞きなさい。夢の中で私はナイル河の岸辺に立っていた。すると川の中からつやつやとよく肥えた七頭の雌牛が上ってきて、葦の中で草を食べていた。その後から、非常に醜い、弱々しいやせ細った七頭の雌牛が上がってきた。このような醜い雌牛を私はいままでエジプトの内で見たことがない。そして、草を食べているよく肥えた雌牛のそばに行ったかと思うと、その醜い、やせ細った雌牛が、よく肥えた雌牛をみな食べてしまったが、彼らは依然として元のように醜く痩せていた……ここで目が覚めたが、私はまた眠ってしまった」

「……」

「するとまた夢を見た。一本の茎に、よく実った七つの穂が出てきた。するとその後から、東風に焼けた、しなびた貧弱な穂が七つ出てきた。そして、しなびた貧弱な穂が、先に出てきたよく実った七つの穂をみな飲み込んでしまった。しかし痩せた穂は依然としてしなびたままだった……どうだ？　この二つの夢の意味が解けるか？」

「……陛下、陛下がご覧になった夢は、実は一つです」

「一つ？　私は二度とも違った夢を見たのだが……」

「天の神が、陛下に一つのことを示されました。よく肥えた七頭の牛も、よく実った七つの穂も一つのこと、七年の豊作を表します。そして後からの七頭の痩せた雌牛、しなびた穂は七年の飢饉のことです。神は、これからエジプトになされることを陛下にお示しになりました」

「何？　天の神は何をしようとしておられるのだ？」

「間もなくエジプトに七年の大豊作が訪れます。しかしその後、この国に飢饉が起こり、それは七年続くでしょう。その飢饉は非常に激しく、先の七年の豊作はことごとく忘れ去られ、エジプト国内は荒れ果てます……陛下が、同様の意味の夢を二度ご覧になったのは、そのことが速やかに、しかも確実に起こることを神が示されたのです」

「速やかに、確実に起こり……そして荒れ果てるだと？　……それで、どうしろというのだ？」

「陛下、いますぐ臣下の中から知恵のある、賢い方を選ばれ、その方を総理として任命されますように。そして、国中に監督官を立て、すぐ行動を起こすようお命じください」

「行動？　何を……？」

「まず、すべての町々に穀物倉を建てさせ、これから起こる七年の豊作のうちに、その穀物倉に穀物の収穫の五分の一を蓄えるようお命じください。それは、その後に起こる七年の大飢饉に備えるためです。そうすればこの国が飢饉で滅びることはありません」

「うむ……そうか……」

王は家臣たちを見回して聞いた。

「お前たちはこの男のいうことをどう思うか？」

「陛下、彼のいうことには真実味があります。彼のいうとおりにされたらいかがでしょうか」

「陛下、私もそう思います」

家臣たちは異口同音にヨセフの言葉に賛同した。

「そうか……ならば、賢い、知恵のある者を総理として立てねばならぬ。お前たちの意見はどうだ？　そのような人物に心当たりのある者はいうがよい」

家臣たちは互いに顔を見合わせ、話し合った。そして一人の家臣が進み出てきていった。

「陛下、この者は陛下の夢を見事に解き明かし、国中の智者が集まってもできないことをやってのけました。この者には神の霊が宿っているのではないか、というのが私たちの意見です。このように賢い者を私たちはほかに知りません……」

「何？　神の霊？　お前たちもそう思うか。確かにそのとおりだ。ならば、この者を総理として立て、これから起こるすべてのことを彼に任せるが、それでよいか？　反対する者は申し出るがよい」

王はそこにいるすべての家臣の意見を聞いた。が、反対する者はいなかった。

「ヨセフ、聞いたか。お前の神がこのことを知らせたのであれば、それができるのはお前しかいない。私はお前をこの国の総理に任命し、これから先のことをお前に任せる」

「はい……」（神よ……あなたの御心が成りますように……）

彼は家臣たち一同に向かっていった。

「皆の者、よいな？　今日、ヨセフにこの国の産業の政策を任せた。今日から彼の命令に従うのだ」

「ははっ……」

そこにいる者すべてが彼に頭を下げた。

王は、自分の指から指輪をぬいてヨセフの指にはめ、白麻のマントをその肩に掛け、首から金の鎖をはずしてヨセフの首に掛けた。そして国中にヨセフに従うよう布令を出し、彼が国内を見て回るために王の車を与えた。

ヨセフはエジプト全土を巡回したが、どの地方にもかつてポテパルの獄屋でヨセフと親しくなった高官がいた。彼らは喜んでヨセフの命令に従い、大きな穀物倉を建てて穀物を蓄えることに賛同した。そして彼の告げたとおり、エジプト国内は大豊作となりそれが七年続いた。彼はその七年の間に、量り切れないほどの穀物を穀物倉に蓄えさせた。そしてその後に飢饉がきた。飢饉は激しく、エジプトだけではなく、その周りの国々にまで及んだ。そしてエジプトには豊かに穀物があると知ると、方々の国から穀物を買いに人々がやってきた。穀物は高値で売れたので、エジプトの財政は豊かに潤うことになる。

14 濡れ衣

「兄さん、倉庫の穀物がいよいよ残り少なくなった。もっても後一、二カ月だよ。なにしろ、去年も今年も雨が降らず、収穫は何もないから……」

「そうだな、このままだと、おれたちだけでなく羊も山羊も全滅だ……」

「カナン人がいってたが、あいつらエジプトから食料を買ってきたそうだ」

「エジプトか……おれも聞いた」

「うん。あそこには食料があり余るほどあるそうだ、おれたちも買いに行くか？」

「……」

兄弟たちは互いに顔を見合わせた。エジプトという言葉は彼らには禁句だった。ヨセフは生きているか死んだか、何も分からない。もし生きているとしても、奴隷だ、みじめな有り様だろう。そんな彼にもし出会ったら何といえばよいのか……そして親父がもしそれを知ったら……

「エジプト……親父に聞くか……」

しかし、相談するまでもなく、ヤコブのほうからそれを言い出した。

「お前たちも聞いたと思うが、エジプトには食料があるそうだ。なぜ買いに行かないのだ。このままでは私たちは飢えて死んでしまう……」

「はい……」

「皆で行って穀物を買ってきなさい。そうすれば私たちは飢え死にせずにすむ。しかしいっておくが、ベンジャミンは置いて行きなさい」

「はい？」

「あれの兄ヨセフは、私が使いに出したために獣に殺された。もしベンジャミンに何かあれば私は生きていられない……」

彼の最愛の妻ラケルが産んだ子はいまはベンジャミンだけだ……父に溺愛されたヨセフを憎んだ結果、父を悲しみのどん底に突き落としたことを、兄弟たちは決して忘れなかった。

「……分かりました」

こうしてベンジャミンを除いた十人の兄弟たちは、十頭のロバと十分な銀を持ってエジプトに向かった。

「お前たちどこからきた？」

エジプトは、どの町も食料を買いにくる外国人が列をなしていた。

「カナンからまいりました」

カナンの言葉が分かる男がいった。

「一度に大勢ではだめだ。一人ずつ別の村に行きなさい」

「いえ、私たちは十人兄弟で、同じ家族です」

「何？　兄弟？　では、ここではなく、直接ツァフェナテ・パネアハ様のもとに行ってお願いしろ」

「ツァフェナテ……？」

「パネアハ様だ。この国の総理だ。エジプトの食料はすべてこの方が管理しておられる。お慈悲深い方だから便宜を図ってくださるかもしれない。さあ、どいた、どいた、次！」

ツァフェナテ・パネアハとは、エジプト王パロがヨセフにつけた名である。ヨセフはエジプトではそう呼ばれていた。

「ツァフェナテ・パネアハ様か……総理大臣だそうだ。仕方ない、そうするか……」

「総理大臣だぞ、会ってくれるかな……？」

「お慈悲深い方だそうだ、ひれ伏してお願いしてみよう」

ツァフェナテ・パネアハの官邸はすぐに分かったが、そこにも外国人が並んでいた。そして官邸の大広間で指図していたのは、総理ツァフェナテ・パネアハ、その人だった。兄弟たちは、自分たちの順番がくると、その人の前に地に頭をつけてひれ伏した。

（兄さん……）

ヨセフは、兄たちが官邸に入ってきたときから気がついていた。恨みも憎しみもなかった。思わず駆け寄って抱きつきたいほどの懐かしさでいっぱいだったが、自分を制した。兄たちはまだ自分を憎んでいるかもしれない……そしてその兄たちが、いま自分の前でひれ伏している。

（主よ、あの夢がいま、このように実現しました……）

長い二十年だった。つらいことも、苦しいことも、そして喜びもすべて体験した。すべてが主のご計画だったと知れば、何の文句があろう、ただ感謝だけだった。

（しかし……兄さんたちがまだ私を憎んでいるかもしれない。兄さんたちの気持ちが分かるまで自分を明かさず、当分この国の総理として対応しよう）

ヨセフは気を落ち着けて、わざと荒々しくエジプトの言葉でいった。

「お前たちはどこからきた」

カナンの言葉の分かる男がヨセフの言葉を通訳し、兄弟たちとの会話はすべて通訳官を通して行われた。

「北方のカナンから食料を買いにまいりました」

「何？　食料を買いにだと？　嘘を申すな。徒党を組んでこの国にきたのは、食料を買うとみせかけて、実はこの国を探りにきたのであろう。真実をいえばよし、偽りを申すなら、全員処刑する」

「め、滅相もございません。徒党などと……私たちはみな実の兄弟でございます」

「実の兄弟？　十人全部か？」

「いえ、真実を申します。私たちは十二人兄弟でございますが、下の弟は亡くなりました。もう一人の弟は父の元に残っております」

「もう一人の弟だと？　それが真実であると証明できるか？　もし証明できなければ、お前たちは穀物を買うなどと偽りを申し、この国を探りにきたスパイであろう」

「そんな……濡れ衣です。パネアハ様」

（どうしよう、なんといえば分かってもらえるのか……）

兄弟たちひそひそと話し合った。

「よろしい。それを証明するため、誰か一人国に帰り、その弟を連れてきなさい。お前たちのいうことが本当かどうかそれで確かめる。それまでお前たちを監禁する」

ヨセフは彼ら全員を三日間地下牢に監禁した。

（兄さん、僕は三年間地下牢にいました。それがどういうことか、兄さんたちも分かってください。だが、父さんや家族たちが兄さんたちの帰りを待っているだろう。みなを帰そう、しかし私はどうしてもベンジャミンに会いたいのだ……）

三日目に彼は通訳官を連れて兄たちのもとに行き、こういった。

「私は神を恐れる者だ。もしお前たちのいうことが本当なら、家族が待っておろう。お前たちのうち一人だけここに残り、後の者はそれ相応の銀を払い食料を持って帰りなさい。しかしもし、お前たちのいうもう一人の弟を連れてこなければ、お前たちを偽り者、スパイとしてその者を殺す。よいな？　誰が残るか決めなさい」

「殺す？……」

彼らは互いに顔を見合わせていった。

「私たちは食料を買いにきただけなのに、どうしてこんなひどい目に会うのだろう……？」

「きっとヨセフにあんなひどいことをしたからだ。私たちはその罰を受けているのだ」

その言葉にヨセフはハッとして聞き耳を立てた。

ルベンがいった。

「だからあのときいったのだ。あの子を殺すな、と……」

「うん、そうだ、ヨセフが穴の底から、助けてと叫ぶのを聞きながら助けるどころかもっとひどいことをした……ヨセフは生きていないかもしれない。おれたちは罰を受けて当然なのだ……で、誰が残る……？」

「私が残る、父さんや家族たちが待っている。お前たちは行きなさい」とシメオンがいった。

彼らはヨセフが自分たちの言葉を理解しているとは知らなかった。ヨセフは彼らのもとを離れ、一人になって泣いた。

（兄さんたちは自分たちの犯した罪を認めている。しかし、まだ謝罪したわけではない。もう少し様子をみよう）

彼は涙をふくと部下に、彼らの袋に穀物を満たし、その上に彼らが支払った銀を返しておくように命じた。そしてまた戻り、部下に命じて、自分が残ると進み出たシメオンを皆の前で縛りあげた。

「よいか、この者の命が惜しくば、必ず末の弟を連れてきなさい」

「思わぬことが起きて暇を取った。皆が待っている。急ごう」

兄弟たちは穀物がいっぱい詰まった袋をロバの背に載せて道を急いだが、途中で一人がいった。

「ロバに何か食べさせなければ、こう急いだらまいってしまうだろう」

「そうだな、今夜の宿で食べさせよう」

途中の宿で、彼らの一人が自分の袋の口を開けて見ると、確かに支払ったはずの銀が、袋に入ったままそこにあった。

「大変だ、兄さん、支払った銀が袋の中に入っている。どうしよう……」

「何だって？　何をいってるんだ」

驚いた兄弟たちが、それぞれの袋を開けてみると、どの袋にも、彼らの支払った銀がそこにあった。

恐ろしさに身を震わせて彼らは叫んだ。

「策略だ！　こうやって私たちに盗みの罪を着せ、私たちを殺す気だ」

「引き返そう。銀を返して弁明しよう」

「待て、父さんも妻や子供たちも私たちの帰りを待っている。それに、もしベンジャミンを連れて行かなければ、シメオンも殺される。あの国の宰相はもし連れてこなければ必ず殺すといった。ここはひとまず帰り、父さんと話し合おう」

「分かった。そうしよう」


「何？　ベンジャミンを連れてこいだと？」

兄弟たちから一部始終を聞いたヤコブは顔色を変えた。

「先にはヨセフを失い、今度はシメオンか？　そのうえベンジャミンまで連れてこいとは……。だめだ、もしベンジャミンに不幸なことがあれば、私は悲嘆のうちに黄泉《よみ》に下ることになろう。許さぬ。どんなことがあってもベンジャミンを連れて行かせることはできない」と彼は頑強に言い張った。

しかしやがてエジプトから買ってきた食料が尽きるときがきた。

「父さん、どうしよう。もうじき食料がなくなりますよ」

「うむ……」

「このままでいいのですか」

「うむ……またエジプトに行かねばならないのか……それでベンジャミンを連れて行くのか？」

ユダがいった。

「父さん、私が必ずベンジャミンを守ります。行かせてください。もし連れて行かなければ、私たちの濡れ衣を晴らすことはできません。シメオンどころか全員がスパイとして殺されるでしょう。しかしベンジャミンが一緒なら私たちの真実が証明できるのです。そして私たちは生き永らえることができます」

「そうか……それではこうしよう。先に袋の中に合った銀は、何かの間違いだったとそのまま返し、新しくまた銀を持って行きなさい。その上にこの土地の名産品を、その人への贈り物として持って行くがよい。乳香、蜂蜜、樹脂、没薬、ピスタチオやアーモンドの実など……よいな」

「はい」

「全能の神が、お前たちを憐れみ、シメオンとベンジャミンを返してくださるように……しかしもし失わなければならないのなら、それが、お前たちの家族を守るための神のご計画なら、従うほかはあるまい……」

ヤコブにとっては苦渋の決断だった。

こうして兄弟たちはベンジャミンを連れ、二倍の銀と数々の贈り物とを携えて再びエジプトに上った。

総理ツァフェナテ・パネアハの官邸は相変わらず穀物を買いにくる人々で込み合ってい

たが、総理は彼らに気づいたようだった。そして傍らにいる執事に何かを命じた。その男は兄弟たちのところにくるとカナン語でいった。

「パネアハ様のお屋敷にくるようにとのご命令です。こちらにきてください」

「え？　お屋敷？　なぜですか？　私たちは末の弟を連れてきましたと、パネアハ様にお伝えください」

兄弟たちは恐ろしくなった。

「あの銀のせいだ。私たちは捕えられて奴隷にされるのだ」

「うん、シメオンももういないかもしれない。死んでいるか、どこかで奴隷になっているか……」

「うん……あの男に説明して、私たちを助けてくれるように頼んでみよう」

「そうだな……もし、旦那」

ルベンが、自分たちを案内する男性に声をかけた。

「旦那。実は私たちは前にも食料を買いにこちらにまいりましたが、途中で袋を開けてみると袋の中に私たちがお払いしたはずの銀がそのまま入っておりました。決して盗んではおりません。何かの間違いであろうと、本日はその銀をそのまま持ってまいりました。本日買い求める分は別にお払いいたしますから、どうぞ私たちに食料を売ってくださり私たちをお帰しくださるよう、あなた様からパネアハ様にお頼みくださいませんか。ここに閣下に差し上げる贈り物がございます。これを閣下に差し上げてください。お願いします。このとおりでございます」

「お願いします……」と兄弟たちもみな頭を下げた。

「銀？」とその男は不思議そうな顔をしていった。その顔は怒った顔ではなかった。

「私たちは確かにあなた方の銀を受け取りましたよ。私が受け取ったのですから安心してください。その銀は、あなた方の信じる神様があなたがたにくださったのでしょう」といって、総理の屋敷の前で彼は立ち止まった。

「あ、ここでお待ちください」

そういって彼は立ち去ったかと思うと、間もなく戻ってきた。その後ろにシメオンがいた。

「シメオン！　生きていたのか！」

「待っていた！　よかった！　もうこないのではないかと心配した……」

兄弟たちはシメオンと抱き合って喜び合った。

「パネアハ様は、ベンジャミンを連れてきたことを分かってくださったのだ！」

執事は、パネアハの壮大な屋敷内に彼らを導き、彼らに足を洗う水を与え、ロバの餌も出してくれたうえ、昼に総理が帰るまで待つように言い残して立ち去った。しばらくして彼らが案内されたところは、美術品で飾られた広い部屋だった。そこには大きなテーブルが二つ並べられ、一つは総理とその近従たちのため、他の一つは兄弟たちのための昼食の席が用意されていた。エジプト人はヘブル人と食事の席に同席しなかったからである。そして驚いたことに、彼らの席は総理と真向かいのテーブルに、兄弟の年齢順に並べられていた。

「なぜ誰が一番上で、次は誰か分かったんだ？」

「おれたちことを、スパイではないかと調べたのだな……」

ツァフェナテ・パネアハが帰宅すると、兄弟たちは床にひれ伏して彼を礼拝し、持ってきた贈り物を差し出した。パネアハの顔は怒っている顔ではなかった。そしていった。

「父は元気か」

そして、ベンジャミンを見てまたいった。

「これが末の弟か……」

（思いっきり抱きしめたい……）

ヨセフは弟懐かしさに胸が熱くなり、涙が出そうになったので別の部屋に行って泣いた。

それから涙をふぃて何食わぬ顔で、中央の席に着いた。やがて食事が始まると、ベンジャミンの分は、他の兄弟たちの五倍も多かった。

翌朝早く、兄弟たちは食料の詰まった袋をロバに載せて家路に向かった。だが、その袋の中には彼らが支払った銀が戻されていたこと、ベンジャミンの袋の中には、銀のほかに、パネアハ愛用の銀の杯が隠されていることを知らなかった。ヨセフが執事に命じてそのようにしたのである。

彼らが町を出て、まだそれほど遠くに行かないうちに、パネアハの執事と、そのほか数人の者が彼らの後を追いかけてくるのに気がついた。

「おーい、待てえ、止まれえ！」と彼らは大声で怒鳴った。

「は？　何だろう？」

執事はそばまでくると

「お前たちは泥棒か！　なぜ、パネアハ様のご好意に対し、悪を持って報いるのか」

「はあ？　何をおっしゃっているのか分かりませんが……」

「お前たちはパネアハ様ご愛用の銀の杯を盗んだであろう！　あの杯は、パネアハ様がいつも占いのためにお使いになる大事な杯なのだ。袋を下ろして袋の口を開けろ！」

「はあ……？　私たちがご愛用の銀の杯を盗んだ？　そんなことをするはずがありません。前に、私たちの袋から見つかった銀でさえ、このたびお返しするため持ってまいりました。どうぞお気のすむまでお調べください。もし誰かの袋からそれが見つかったら、その者を死罪にしてください。そして私たちはみな奴隷になりましょう」

「つべこべいわずに袋を下せ。もし杯が見つかったら、その者だけを捕える。他の者たちは行ってよい」

　彼らはルベンの袋から始めて一人ひとりの袋の中を調べた。そして驚いたことに、兄弟たちの袋の中にはまた、支払ったはずの銀が入っていたばかりか、最後のベンジャミンの袋の中には、銀とその杯が入っていたのである。彼らは泣き叫んだ。

「濡れ衣だ！　誰かが私たちを殺そうとしてわざとやったのだ！　この者は何も盗んでいない！　この者を連れて行くなら私たちは帰れないのだ！　一緒に行きます！」

「好きにしろ。申し開きはパネアハ様の前でするがよい。われわれは盗人を捕えるようにとご命令を受けたのだから、この者を連れて行く！」

　父にベンジャミンを必ず連れて帰ると約束したからには、帰るわけには行かない。こうして兄弟たちは否応もなく引き返すことになってしまった。

パネアハは官邸にいた。兄弟たちはその前にひれ伏した。

「私は盗んだ者だけを捕えろと命じたのだ。なぜお前たちは帰らないのか。年老いた父や、家族が待っているといったではないか……」

「パネアハ様」と、ユダが進み出ていった。その頬には涙が流れていた。

「杯が見つかった以上何の申し開きができましょう。私を奴隷にしてください。私は罪深い者ですから、奴隷にされても当然なのです。誰も恨みません」

「罪深い？……」

「はい……真実を申しあげます。どうぞお聞きください。この末の弟には同じ母のもう一人の兄がおりました。しかしその母が亡くなりましたので、父は特にその者を愛しました。それで私はその者を嫉妬し、憎しみのあまり、兄弟たちと謀り、殺そうとさえいたしました……が、殺す代わりに彼を捕えてエジプトの奴隷商人に売り、父には彼は獣に襲われて死んだと嘘をつきました。その後生きているのか、死んだのか、何も分かりません。こうしてエジプトにくることになり、奴隷たちの苦役を見ていますと、もし生きているなら彼らのようにさぞつらい日々を送っているだろうと、胸が痛いのです……私を捕えてくださ い。私は父に約束しました。私の命に代えても必ず末の弟を連れて帰ると……ですから彼が一緒でなければ私たちは帰ることができません。私が彼の代わりに奴隷になり、犯した罪の報いを受けます」

「犯した罪……?」

（ユダ兄さん……あなたが一番私につらく当たった……その兄さんが泣いている……）

「はい、彼をミデアン人の隊商に売ろうといったのは私です。ですから、パネアハ様、あなた様が末の弟を連れてくるのでなければきてはならぬと、仰せられましたので連れてまいりましたが、父の命はこの子にかかっています。もし彼が帰らなかったら、父は生きていられないでしょう。今回あなた様の杯が彼の袋から出てきましたのは何かの間違いです。彼は盗んでいません。どうぞ彼をお帰しください。父が彼の帰りを待っているのです……彼の代わりにしもべがあなた様の奴隷になります。お願いします」

そういうと彼は激しくすすり泣いた。

（兄さん！）

ヨセフはもはや自分を制することができなかった。彼はそばにいる近従たちに、「みな、この部屋から出て行きなさい！」と命令した。そして彼らが出て行くと彼も大声で泣いた。その泣き声は部屋の外にいる家来たちの耳にも聞こえたほどだった。

しばらく泣いた後、

「兄さん……私は……私は、ヨセフです……」といった。

「？？？？？？……」

兄弟たちは驚きのあまり声も出なかった。

「そばにきて、私をよく見てください。あなた方の……弟のヨセフです……父さんは、父さんは元気ですか？」

「ヨセフ……か？　本当にヨセフなのか？」

「はい、ヨセフです……あなた方の弟です。もっと早くそういいたかったけれど、兄さんたちがまだ私を憎んでいるかもしれないと思うといえなかった……神は、奴隷の私をエジプト全国を治める者としてくださいました……ですから、私をエジプトに売ったことで悔やんだり、自分を責めたりしないでください。私をエジプトに遣わしたのは神ですから……神が、あなた方の命を救うために、あなた方より先に私をこの地に連れてきたのです……」

「神が……」

ヨセフはただのひと言も、兄たちに対して恨み言をいわなかった。

「飢饉はまだ五年続きます。ですから急いで帰って、父さんに、家族全員を連れてエジプトにくるようにいってください。私はパロにお願いして、あなた方がゴシェンの地に住むことができるようにしましょう。そこは、ナイル河のそばで、家畜を飼う草地が残っています。またあなた方のことは、エジプトの最良のものですべて私がお世話します。私がエジプトでどんなに大きな栄誉を受けているか、あなた方の見たことを父さんに話してください……」

15　イスラエルの死

「おお、帰ったか、待ってたぞ、うん、ベンジャミンもいるのか……よかった、よかった」

兄弟たちを見た父ヤコブと家族たちは、涙を流さんばかりに喜び、彼らを迎えた。

「父さん、見てください、この馬車と、そしてこのロバたち……」

「馬車？　どうしたのだ？　こんな立派な馬車を……」

「中を見てください、ほら、この晴れ着……みな、お父さんや、私たちとその家族の分です。エジプトの総理大臣のパネアハ様が私たちにくださったのです……」

「パネアハ様が？　なぜだ？」

「お父さん、驚かないでください、パネアハ様はヨセフでした！　ヨセフがエジプトの総理大臣なのです！」

「何？　何といった？　分からん、よく説明してくれ……」

ヤコブは頭が混乱し、兄弟たちが何をいっているのか飲み込めなかった。

兄弟たちは代わる代わるエジプトで起こったことを父に話した。

「父さん、ヨセフ……パネアハ様は、飢饉はまだ五年続くから、家族全員でエジプトにくるように……私があなた方を養います、というのです。ほら、あのロバを見てください、前の十頭にはエジプトの名産物、後ろの十頭には道中に必要な食料が積んであります。みなパネアハ様から父さんへの贈り物です……」

「私への……？　信じられない……ヨセフが生きていたとは……」

気が遠くなりそうだった。しかしやがて気を取り直すといった。

「満足だ。ヨセフに会いたい。行こう。皆で行こう。死ぬ前にどうしても会いたい」


こうしてイスラエルの家族全員はエジプトに移住した。ルベンとその家族たち、シメオンとその家族たち、レビとその家族たち、ユダとその家族たち、イッサカルとその家族たち、ゼブルンとその家族たちとディナを含め、レアの子と孫たちは総勢三十三名だった。レアはすでに亡くなりヤコブは彼女の遺体を、アブラハムとサラ、イサクとリベカらと同じマクペラの洞窟に埋葬していた。

レアの奴隷ジルパとその子、ガドとアシェルの子と孫たちは総勢十六名。

ラケルの息子のうち、ヨセフと二人の子はすでにエジプトにおり、ベンジャミンの子らと合わせてその総数は十四名。

ラケルの奴隷ビルハの子ダンとナフタリは、その子孫たちと合わせて七名。このように、エジプトに移住したイスラエルの総数は七十名であった。

ヨセフは父たちがゴシェンに到着したことを聞くと、すぐに会いに行った。そして父の肩を抱きしめて泣いた。

「ヨセフ、お前は死んだものとあきらめていたのに生きていたとは……よかった。もういつ死んでもいい、お前と会えたのだから……」そういって父も泣いた。喜びの涙だった。

イスラエルが全家族と共にエジプトに移住したとき彼は百三十歳であった。ヨセフが兄弟たちと父とをパロに紹介したので、王は彼らにエジプトの最も豊かな土地ラメセスをその所有地として与え、イスラエルはパロを祝福した。こうしてイスラエルとその一族は、飢饉の間もパロとヨセフの庇護の下で豊かな生活をエジプトで過ごしたが、神がかつてアブラハム、イサク、イスラエルに、あなた方の子孫にこの地を与える、といわれた約束の地カナンを忘れたことはなかった。いつか必ず帰ると信じていた。しかしそれが実現したのは四代目、三百年以上先のことである。

イスラエルはエジプトで十七年過ごした後、自分の死期が近いことを知り、ヨセフを呼んでいった。

「ヨセフ、約束してくれ。私が先祖たちと共に眠りについたなら、決して私をエジプトに葬らないでほしい。私をエジプトから運び出して、先祖たちの墓に葬ると誓ってくれるか？」

「分かりました、必ずそのようにいたします」

「そうか。かつてベテルで全能の神が私に現れ、〝あなたの子孫の数を増し、繁栄させ、この土地を永遠の所有地として彼らに与える〟と約束してくださった。いつか必ず私たちの一族はカナンに帰るときがくる。そのときまで子供たち、孫たちはこの地で暮らすことになるだろう」

「はい」

さらにイスラエルはいった。

「ヨセフ、お前の子供たちを連れてきなさい。彼らを私の子として祝福したい……」

「祝福？……」

ヨセフにはエジプト人の祭司の娘との間にマナセとエフライムという二人の息子がいた。

イスラエルは、レアの子の誰にも与えていなかった長子の祝福を、ヨセフの子たちに与えようとしていたのである。ヨセフはこの二人、マナセを父の右手の側に、エフライムを左手の側に座らせた。ところがイスラエルは、彼の両手を交差させて、右手をエフライムの頭に載せ、左手をマナセの頭に置いた。

ヨセフは父にいった。

「お父さん、こちらが長男です……そしてこの子は二男ですが……」

「分かっている。確かにマナセの末も大きな民となるが、弟のほうは兄より大きな民となり、その子孫は国々に満ちる……」

このようにイスラエルはエフライムをマナセの先に立てて祝福し、二人を自分の子とした。

その後彼は十二人の息子たちを自分の周りに集め、一人ひとりの名を呼んで預言し、祝福した。そしてさらに、自分の遺体を先祖アブラハムがカナン人から買い取った、ヘブロンにあるマクペラの洞窟に葬るように言い残してから息を引き取った。彼の生涯は百四十七年だった。

ヨセフは、父の亡骸《なきがら》に薬を塗り防腐処置を施すように侍医に命じ、医者たちは四十日かけてそのようにした。そしてエジプト全体が七十日間喪に服した。その後パロの許しを得て、イスラエルの遺体をカナンの地に運ぶときには、エジプトの重臣たち、戦車、騎兵たちが皆参加したので、盛大な葬列となり、さらにヨルダン川の東側でエジプト流の盛大な追悼式が行われた。

このようにしてヨセフと兄弟たちは父をマクペラの洞窟に葬った後、再びエジプトに帰った。このことをみても、ヨセフはエジプトの経済を拡大させた、国民的英雄だったことが分かる。

ヨセフはエジプトで三代目の孫の顔を見た後、百十歳で死んだ。イスラエルの子孫はエジプトで増え広がり、約束の国カナンへ帰ったのは紀元前一三三〇年ごろと思われるから、実に四百年近く彼らはエジプトに寄留したことになる。そしてエジプト脱出当時の彼らの人数は、二十歳から六十歳までの男子が約六十五万人といわれ、女子、高齢者、年少者の数を合わせるなら、優に百五十万人近くであったろうと思われる。

カナンに帰国後彼らはさらに数を増し、周辺の諸民族を制覇した。統一国家イスラエルが建国されたのが紀元前一〇五〇年ごろ、その第一代の国王サウルはベンジャミンの子孫である。

後記

ヤコブの死後からイスラエル建国までの六百年余りの歴史は、旧約聖書によれば、

・出エジプト記（エジプトからシナイ半島へ。指揮者モーセはレビの子孫。イスラエル民族大移動の経緯とシナイ半島の放浪）

・レビ記（神の幕屋およびレビの家系による祭司制度の確立と律法の制定）

・民数記（エジプト脱出以後の十二氏族の人数調査）

・申命記（モーセの告別説教。律法の再確認）

・ヨシュア記（カナン入国と十二氏族の領土分割。指揮者ヨシュアはエフライムの子孫）

・士師記（ヨシュアの死後統一的指導者がなく、神は士師と呼ばれた指導者を起こして彼らを敵から守られた。約二百年の間に十三人の士師が起こされ、イスラエルの暗黒時代といわれる）

・ルツ記（後のダビデ王に至るまでの、四代前の歴史。ルツはアブラハムの甥ロトの

子孫）
・サムエル記上・下（最後の士師サムエルはエフライムの子孫で、イスラエル王国建国の立役者。初代国王サウルはベンジャミンの子孫。第二代国王ダビデはユダの子孫）
と、続きます。

ヤコブは、ヨセフの二人の子エフライムとマナセに長子の祝福を与えましたが、神は、キリストに至る家系（新約聖書マタイの福音書第一章）を「アブラハムの子孫、ダビデの子孫、イエス・キリスト」と記されてあるように、真の祝福をダビデの祖ユダに与えられました。

その理由はたぶん、ヨセフの子らの母はエジプトの祭司の娘で、アブラハムの家系でなかったからではないでしょうか。それではなぜ、他の十一人の中からユダが選ばれたのか、第一の理由は、ユダの母レアが、ヤコブの第一夫人（正妻）であったこと、そして長子ルベンは父の妻と罪を犯して外され、シメオンとレビは、ディナの事件で怒りにまかせてシエケムの男性を皆殺しにしたことで外されましたが、四男のユダは、ヨセフをエジプトに売った罪を自分一人で身に負い、ヨセフの前で泣いて謝罪したその態度が神に受け入れられたのだと思います。

なぜならこれこそ神の約束だからです。

「自分に罪はないというなら、自らを欺いており、心理は私たちの内にありません。自分の罪を公に言い表すなら、神は真実で正しい方ですから、罪を赦し、あらゆる不義からわたしたちを清めてくださいます」（新約聖書ヨハネの第一の手紙一章八、九節）

現代社会は不品行と不義で満ち溢れ、多くの家庭が崩壊し、愛を知らずに成長した者たちは犯罪に走り、未来に夢を持たない若者たちと行き場を失った老人たちが、巷にさまよっています。このままでいいはずがありません。

神が永遠（過去も未来もない、常に現在）であるように、聖書の言葉（神のことば）も永遠です。

私たちは、限られた三次元の世界に生きていますが、もし神を信じ、その御ことばに従うなら、永遠の未来に生きることができます。一人でも多くの方が聖書を読み、神を信じてくださることを心から願って、「聖書はこんなに面白いシリーズ」第三巻を皆様にお届けします。

ご愛読を心から感謝いたします。皆様の上に神の祝福が豊かにございますように。

二〇一五年五月

鍵和田　敏子

【著者略歴】 **鍵和田敏子**（かぎわだ・としこ）

1925 年　10 月　東京都千代田区神田に誕生
1943 年　3 月　青山学院高等女学部卒業
1950 年　7 月　東京第一バプテスト教会で受洗
1955 年　4 月　児童伝道聖書学院入学
1959 年　4 月　東京聖書学院聴講生
1960 年　4 月　いのちのことば社入社
1963 年　8 月　同社退社
1963 年　9 月　茨城県猿島郡境町で伝道開始
1966 年　1 月　宗教法人境キリスト教会設立代表役員に就任
幼児教育施設境キリスト教会付属愛児園設立
1972 年　3 月　同教会および愛児園辞任、茨城県総和町（現古河市）に社会福祉法人ホザナ会設立、理事長に就任
同年　4 月　認可保育所こばと保育園設立園長に就任
1980 年　3 月　茨城県下館市（現築西市）玉戸で伝道開始
1995 年　11 月　宗教法人下館グローリーチャペル設立、代表役員に就任
2002 年　3 月　同教会辞任
2003 年　1 月　社会福祉法人ホザナ会・ホザナホールにて
ＩＢＣＦ（イバラキ・クリスチャン・フェローシップ）活動開始
2008 年　7 月　古河市下大野に移転
ＨＣＭ（ホサナ・クリスチャン・ミニストリー）古河グローリー・チャペル設立

現在に至る

【著書】『小説　ルカのノート』『小説　ダビデとバテ・シェバ』（小牧者出版）

編 集 協 力：若月千尋

小説　イスラエル

2015 年 12 月 25 日　第 1 版第 1 刷発行

著　者　鍵和田敏子
発行所　キリスト新聞社　出版事業課
〒 162−0814　東京都新宿区新小川町 9−1
電話 03（5579）2432
URL. http://www.kirishin.com
E-Mail. support@kirishin.com
印刷所　協友印刷

ISBN978-4-87395-691-6　C0016（日キ販）　Printed in Japan